Johann Friedrich Jünger

Der doppelte Liebhaber

Ein Lustspiel in 3 Akten

Johann Friedrich Jünger

Der doppelte Liebhaber
Ein Lustspiel in 3 Akten

ISBN/EAN: 9783744672719

Hergestellt in Europa, USA, Kanada, Australien, Japan

Cover: Foto ©Andreas Hilbeck / pixelio.de

Weitere Bücher finden Sie auf **www.hansebooks.com**

Der
doppelte Liebhaber.

Ein

Lustspiel

in drey Akten

von

J. F. Jünger.

— alter'd plays, like old houses mended,
Cost little less than new, before they're ended.
CIBBER.

Leipzig,
im Verlage der Dykischen Buchhandlung.
1786.

Wenn ich's auch nicht gestehn wollte, so würden die Kenner der englischen Litteratur dennoch finden, daß bey dieser Plaisanterie Cibbers double Gallant zum Grunde liegt: und wahrhaftig es sollte mir von Herzen Leid thun, wenn sie Cibbern darin nicht fänden, denn das wär doch wohl der sicherste Beweis, daß ich mein Original unverantwortlich entstellt hätte.

Ich bin sehr frey damit umgegangen. Es sind kaum zwey Scenen darin, die ich übersezt habe. Daß ich den schurkischen Hahnrey Sadlile in den ehrlichen Buttler verwandelt habe, daß ich die Lady Dainty zu seiner Schwester gemacht, und ihm seine theure Hälf-

te genommen habe, deren Charakter so gar ein-
nehmend eben nicht ist, daß ich den Careluß —
bey mir Samberg — etwas weniger cava-
lierement gegen seine Geliebte sich ausdrücken
und betragen lasse, daß ich meiner Charlotte
die Mühe erspare Mannskleider anzulegen; so
wie dem Samberg die, sich in den Moskowi-
tischen Prinz Alexander zu verkleiden, daß ich
die Frauenzimmer etwas decenter und weibli-
cher reden lasse, und daß ich aus fünf Akten
drey gemacht habe, das alles sind Sünden,
die man mir hoffentlich verzeihen wird.

Mancher Kunstrichter wird vielleicht sagen,
daß die Frau von Hahn nicht eben sehr nothwendig zum Gange meines Stücks, und für
eine blos episodische Rolle wohl gar verhält-
nißmäßig zu stark ist. Da sagt er mir aber
nichts neues, und ich gebe ihm sogar völlig
Recht! — Mehr kann doch ein Kunstrichter,
wenn er ehrlich und billig seyn will, von einem
Autor nicht fordern? — Indessen habe ich doch

auch etwas zu meiner Entschuldigung anzu-
führen. Ich gebe mein Stück für nichts mehr,
als für Plaisanterie; jemehr man in einer
Plaisanterie lacht, desto besser: Und ich müßte
mich sehr täuschen, oder meine Frau von Hahn
thut so viel als in ihren Kräften steht, um das
Zwergfell vernünftiger Leute zu erschüttern.

Ich sage vernünftiger Leute: darunter
verstehe ich diejenigen unter dem Publikum, die
ein dramatischer Dichter nicht um Verzeihung
zu bitten braucht, daß er sich unterstand sie
in einem Lustspiele zu lachen zu machen.
Leipzig im Juni 1786.

J. F. Jünger.

Personen.

Buttler, ein reicher Kaufmann.

Frau von Hahn, eine junge Wittwe, seine
Schwester.

Charlotte, seine Mündel.

von Hellfort, Charlottens Liebhaber.

von Samberg, der Frau von Hahn Liebhaber.

von Arnau, ein alter Landedelmann.

Friederike, seine Tochter.

Der alte von Frankstein.

Karl von Frankstein, sein Sohn

Zwey Aerzte.

Finder, Hellforts Bedienter.

Hannchen, Kammermädchen.

Ein verkleideter Offizier.

Der Schauplaz ist zu Wien, in Buttlers
Hause.

Erster Akt.

Scene, der Augarten.

Erster Auftritt.

Der junge von Frankstein und von Hellfort.

Karl v. Fr.

Liebster bester Hellfort! so eine Begebenheit! so eine Begebenheit! — Ich wollte dich eben in deinem Logis aufsuchen! — Was für ein allerliebster, süsser, entzückender Vorfall! — Kurz, Junge, ich bin dir bis über die Ohren verliebt!

v. Hellfort *lächelnd.* Bis über die Ohren! und in das ganze weibliche Geschlecht auf einmal! Nicht wahr?

Karl v. Fr. Nein! dasmal ists Ernst! —

A 4

Hellfort lacht wieder. Du lachst noch? — Wahrhaftig Junge, du mußt nicht lachen! — Wenn
du mir nicht glaubst, wenn du mir dießmal deinen Beystand versagst, so bin ich ein verlorner
Kerl!

v. Hellfort. Nun, weißt du was? Ich will
dir Beystand leisten, ohne dir zu glauben: Ist's
damit nicht eben so gut gethan? — Ich sehe
aber auch gar nicht ein, warum ich dir nicht
glauben sollte! Ich habe dich nun schon in den lezten acht Tagen zweymal durch und durch verliebt
gesehn: Da du also in den Künsten des Liebesgot-
tes so viel Routine hast, so wär es ja ungerecht,
wenn ich deinem Herzen nicht zutrauen wollte, daß
es auch noch eine dritte Liebschaft aushalten könnte!

Karl v. Fr. Du magst nun spotten wie du
willst, Hellfort, ich sag dirs noch einmal: dasmal ist's Ernst! Ich bin verliebt, in allen Ehren
verliebt! Und wenn meine Dame wirklich das ist,
was sie scheint — wie ich denn ganz gewiß hoffe
— so kann ich mir nicht helfen — ich heurathe
sie!

v. Hellfort. Sie heurathen? Du? —
Ha ha ha!

Karl v. Fr. Ey so lache! — Höre; darf ich auf deinen Beystand rechnen?

v. Hellfort. Das darfst du! — Aber erst eine oder zwey Fragen: Wie heißt deine ehrenfeste Dame?

Karl v. Fr. Das weiß ich auf Ehre nicht!

v. Hellfort. Wer sind ihre Aeltern?

Karl v. Fr. Kann ich nicht sagen!

v. Hellfort. Hat sie Geld?

Karl v. Fr. Das weiß ich nicht!

v. Hellfort. Wo wohnt sie?

Karl v. Fr. Kann ich auch nicht sagen!

v. Hellfort. Und willst sie heurathen? — Bist du toll? — Aber, wenn du das alles nicht weißt, so sage mir um's Himmels willen: Was weißt du denn von ihr?

Karl v. Fr. Das will ich dir sagen! — Gestern gegen Abend bin ich im Prater hinten auf dem Lusthause. Die Zeit wurde mir lang: Ich setze mich also in einen Kahn, der am Ufer stand, und fahre ein wenig auf der Donau herum. Auf einmal seh ich dir von weitem einen Kahn, worinnen ein Frauenzimmer sizt: Huy, denk ich, da laß uns Jacht drauf machen! — Ich war Willens meinen Spas so ein wenig zu haben. Wie ich näher komme, sehe ich, daß sie einen Bedienten in schöner Livree hinter sich hat: Ich betrachte mir sie aufmerksamer — Hm Brüderchen! das war dir ein Mädchen! — Das Spasmachen verging mir wohl! Ich muß eine verteufelt alberne Physiognomie gemacht haben, als ich sie grüßte, denn ich war dir wie versteinert. Ich hatte kaum die Kraft neben ihr her zu rudern. Weiß der Himmel, was ich ihr für dummes Zeug mag vorgeschwazt haben. Aber es war dir auch ein Geschöpfigen! — Nun du kannst leicht denken: Wenn sie m i c h aus der Contenance brachte! — Was für Augen! Was für ein Mund! Und eine Nase! — Und ein Busen! — Und ein paar Waden! — hmm!

v. Hellfort. Nun nun! Du geräthst ja ganz außer dich! — Aber wie Henker bist du denn mit ihren Waden so bekannt geworden?

Karl v. Fr. Durch das glücklichste Unglück, das sich seit dem Anfang der Welt ereignete! Der Schiffer, der sie fuhr, mochte ein wenig benebelt seyn: Er wollte zu zeitig an Land, fuhr an einen Pfahl an, und Plump! lag der Kahn das Ober-

sie zu unterst, und meine Schöne im Wasser. Du
kannst denken, ob ich auf sie losruderte. Ich er-
wischte sie glücklich bey ihren Kleidern und hob sie
in meinen Kahn. Ihre Röcke hatten sich ein wenig verschoben, und da hatt' ich einen Anblick —
o ein Anblick — der mich in Feuer und Flammen
sezte! Das ganze Wasser der Donau hätt' es nicht
löschen können! — Sie sah dir aus, wie die neu-
geborne Venus, als sie dem Meer entstieg!

 v. Hellfort. Nun das ist wahr, du hast ein
unverschämtes Glück!

 Karl v. Fr. Als sie sich von ihrem Schreck
ein wenig wieder erholt hatte, fragte sie mich
nach meinem Namen, um doch zu wissen, wie sie
sagte, wem sie ihre Rettung und ihr Leben zu
verdanken hätte. — Sieh nur, Brüderchen,
das war nun ein kützlicher Punkt. Meinen wahren Namen durft' ich ihr nicht sagen; der Teufel
hat manchmal sein Spiel: Sie hätte zufällig dahinter kommen können, daß mein Vater jezt gerade
den tollen Einfall hat, mich zu verheurathen,
und daß er mich auch schon mit einem andern
Frauenzimmer versprochen hat, die ich aber, wie
du weißt, vor der Hand noch eben so wenig ken-

ne, als unſre Stammmutter Eva. Und dann
auch wegen meines Vaters, weil ich mich noch
nicht bey ihm gemeldet habe. — Ich beſann mich
alſo hurtig auf eine Lüge, und gab mich für einen
Herrn von Park aus Mähren aus.

v. Hellfort. Konnteſt du denn aber den Namen deiner Venus nicht von ihr heraus kriegen?

Karl v. Fr. Um die Welt nicht! Ich bat,
ich flehte, ich beſchwor ſie, aber alles umſonſt!
Sie war unerbittlich. Meine Liebesanträge
ſchienen ihr indeſſen nicht unangenehm zu ſeyn,
ob ſie ſich gleich nicht deutlich damit heraus ließ.
Alles, was ich aus ihr bringen konnte, war die
Verſicherung, daß ich wieder von ihr hören ſollte.
Ich hob ſie darauf in ihren Wagen, drückte einige heiße Küſſe auf ihre kalte Lilienhand, und ſo
ſchieden wir von einander.

v. Hellfort. Aber ſag mir, was ſoll denn
mit der Dame werden, deren Bekanntſchaft du
vor einigen Tagen hier im Augarten gemacht haſt?
Mit der iſt's nun wohl aus?

Karl v. Fr. Ey bewahre! Wofür ſiehſt du
mich an? Ich behalte ſie alle Beide: die Eine
iſt meine Juno, ganz Stolz und Schönheit: die

Andre meine Venus; ganz Leben, Liebe und Mil-
de! Aber a propos, was ich dich eigentlich bitten
wollte, lieber Hellfort: Du mußt mir dein Logis
leihen.

v. Hellfort. Mein Logis! zu was?

Karl v. Fr. Weil ichs meiner Venus, welche mich fragte, wo ich wohnte, für das meinige
ausgegeben habe: Du weißt, daß meine Juno
mein eigentliches weiß. Man muß auf alle Fälle
denken. Der Henker könnte die beiden Göttinnen zusammen führen, und da sie sich im Himmel
nicht vertragen —

v. Hellfort. So würden sie es auf Erden noch
weniger, meynst du! Ja mein Logis steht zu deinen Diensten! Ich denke doch wohl, du wirst dich
hübsch ehrbar darinnen aufführen?

Karl v. Fr. So ehrbar, als man nur immer mit seiner Addresse umgehn kann; denn weiter brauch ich's ja ohnehin zu nichts. Aber ich
erwarte um diese Zeit ein Billet von meiner Venus, wenigstens hat sie mirs versprochen. Ich
dächte, du führtest mich in meiner Titulatur-
Wohnung ein!

v. Hellfort. Für jezt mußt du mich entschul-

digen. Ich erwarte ein paar Damen hier im
Garten. Eine Zusammenkunft, die ich um keine
Krone versäumen möchte. Aber dort ist mein Bedienter, der kann dich nach meiner Wohnung
bringen.

Karl v. Fr. Eben so gut. Ich will machen,
daß ich fortkomme, denn ich muß hernach wieder
in mein eignes Logis, wo ich eine Gesandschaft
von meiner Juno erwarte; denn unter uns gesagt: so verliebt bin ich in meine neue Taube auf
dem Dache eben nicht, daß ich darüber meinen
Sperling in der Hand fliegen lassen sollte.

v. Hellfort. Recht so! Ich merke, du willst
dich nicht gern zwischen zwei Stühle sezen. Aber
darf man wenigstens wissen, unter welchem Namen dich deine Juno — wie du sie zu nennen be-
liebst — kennt?

Karl v. Fr. Aufzuwarten! Ihr hab' ich mich
für einen Major Lohwerth aus Ungarn ausgegeben. — Aber die Zeit ist kostbar: Ich muß fort!
— Auf Wiedersehn!

Ab.

Zweiter Auftritt.

Von Hellfort allein.

Adieu! Viel Glück auf den Weg! — Was das
für ein glücklicher Kerl ist! Und blos seiner Unbe-
ständigkeit hat er sein Glück beym Frauenzimmer
zu danken! — Sonderbar! Ein andrer martert
sich mit ewiger Treue, und kommt zu nichts! —
Ha ha! Da ist ja wohl Samberg! Eine andre
Edition von Abentheurer. Der versteht die Kunst,
sich immer nur halb zu verlieben, und fährt wenigstens nicht übel dabey.

Dritter Auftritt.

Von Hellfort und von Samberg.

v. Hellfort. Ah, guten Tag, Samberg!
Nun, du bleibst deiner Gewohnheit, vom frühen
Morgen an herumzuschwärmen, getreu, wie ich
merke! — Wie geht dir's sonst? — Ey ey, ich
höre artige Dinge von dir! Du hast dich seither

immer über den Ehestand lustig gemacht, und
nun, wie man mir sagt, läßt du dich den Guckuk
blenden —

v. Samberg. Selbst heurathen zu wollen
— Nun ja! Findest du das so sonderbar? —
wenn ein Mann anfängt seiner Freiheit müde zu
werden, so kann er ja wohl nicht besser thun, als
heurathen: Und das ist bey mir recht sehr der
Fall. Glaube mir, wenn man schon über drei-
ßig ist, so weiß man mit dem Privilegium, den
Narren zu spielen, nicht viel mehr anzufangen.
Man thut alsdenn am besten, man überläßt's
andern.

v. Hellfort. Hu! Du fängst ja an, recht
vernünftig zu reden! Ich glaube, du hast lauter
Eheverschreibungen, Heurathsgüter und wohl gar
Nachkommenschaften im Kopf?

v. Samberg. Eben so gut. Aber um dazu
zu gelangen, muß ich mich durch ganze Verschan-
zungen von Pillen, Pulvern, Elixiren und De-
kokten durcharbeiten.

v. Hellfort. Wie? Ich will doch nicht hof-
fen, daß deine Gebieterin eine Apothekers Wit-
we ist?

v. Samberg. Das nicht! Eher könnte man
sie eine Offizin nennen. Ich biethe dem erſten
Apotheker in dieſer Stadt Troz, ob er in ſeinem
Laden mehr Arzneyen hat, als ſie in ihrem Schlafzimmer. Für jede Stunde des Tages hat ſie
eine eigne Medizin; und ſie hält es für niedrig
und gemein, nur einen Augenblick ganz geſund zu
ſeyn.

v. Hellfort. Und du willſt ſie doch heurathen? Ich dächte da ſchickte ſie ſich beſſer zur Frau
des Hippokrates, als zur deinigen. — Aber
vielleicht hat ſie noch einen Reiz, den ich nicht
kenne —

v. Samberg. Den hat ſie, und wenn ich
dir ihn nenne —

v. Hellfort. Nun?

v. Samberg. Acht tauſend Gulden jährlich!

v. Hellfort. Eine ſehr ſolide Schönheit, ich
muß geſtehn! — Aber dem ohngeachtet würde
ich mich an deiner Stelle noch bedenken, eine ſol-
che Offizin, ein ſolches Hoſpital — nimm mir
den Ausdruck nicht übel — zu heurathen.

v. Samberg. O du kennſt ihre guten Qua-
litäten noch nicht alle! Sie hat eine raſende

B

Sucht nach allem was ausländisch heißt: Etwas inländisches darf ihr gar nicht zu nahe kommen. Ihre Pferde sind aus der Türkey, ihre Wägen aus Lyon, ihr Porzellan aus China, ihre Schuh von Paris, ihr Geschirr aus England; ihre Pasteten läßt sie aus Strasburg kommen, und die Beredsamkeit eines Demosthenes würde ihr keinen Pfirsich einschwazen können, der auf teutschem Boden gewachsen ist. — Aber Freund — sie hat bey alle dem achttausend Gulden jährlich!

v. Hellfort. Deiner Beschreibung nach soll mir nicht viel fehlen, es ist die Frau von Hahn, die Schwester des Kaufmann Buttler?

v. Samberg. Getroffen! aufs Haar! — Hab ich nicht gut gewählt?

v. Hellfort. Ja, ich habe sie nicht so gar oft gesehn; und überdem weißt du wohl, daß ich andre Dinge im Kopfe habe, wenn ich im Buttlerischen Hause bin.

v. Samberg. Freylich wohl! Da siehst du lieber nach seiner schönen Mündel, als nach seiner Schwester! A propos, wie laufen deine Affairen? Stehst du gut mit Charlotten?

v. Hellfort. Je nun, ich kann nicht geradezu sagen, gut, aber ich hoffe es soll dahin kommen, sie beträgt sich so außerordentlich launisch, so sonderbar — sie fängt nach gerade an mich zu mißhandeln!

v. Samberg. Bravo! ein gutes Zeichen! Meine Wittwe macht mir's eben so: aber man muß sich dadurch nicht aus seiner Fassung bringen lassen. Ich mach's ihr nicht besser: Wenn ich sie nur erst habe, dann sollst du vollends schönes Spiel sehn. Gleich den Tag nach der Hochzeit werfe ich ihre Medizingläser und Schachteln zum Fenster hinaus, schmeiße den Arzt die Treppe hinunter, wenn er nicht gutwillig geht, und seze ihr ein tüchtiges Stück Rindfleisch mit einheimischen Erdäpfeln vor, das ihr besser bekommen soll, als alle Arzneyen. Ich hab's ihr schon angekündigt!

v. Hellfort. So? Du nimmst dir schon jezt solche Freiheiten bey ihr heraus?

v. Samberg. O ja! Du mußt wissen, ich plage sie manchmal so, daß sie mich nicht vor Augen ersehen kann.

v. Hellfort. Aber wenn du das jezt schon thust, was willst du denn mit ihr machen, wenn sie deine Frau ist? B 2

v. Samberg. Das wird sich alsdenn schon finden. Hernach werd' ich das nicht mehr nöthig haben; ich versichere dir, vier Wochen nach der Hochzeit soll sie die vernünftigste Frau in Wien seyn. Sie ist eine große, aber auch eine gute Närrin. — — Du bist doch mit Buttlern gut Freund?

v. Hellfort. Völlig! Er scheint Geschmack an mir zu finden, und das ist mir sehr lieb, denn Charlotte kann nicht gut ohne seine Einwilligung ihre Hand weggeben. — Laß uns doch ein wenig nach jener Bank gehen. Wir können ja dort plaudern.

(Sie gehn ab.)

Vierter Auftritt.

Gemeinschaftliches Zimmer in Buttlers Hause. Zwey Thüren im Hintergrunde, und doppelte Seitenthüren.

Charlotte und Friederike.

Charlotte. Ha! ha! ha! armes Fritzchen!

Friedericke. Ich bitte dich liebes Lottchen, lache mich ja nicht aus! Das Herz hat nun einmal seine Launen und Grillen, für die man schlechterdings nicht stehn kann: — Und wenn man es müßte, so kenne ich ein gewisses Mädchen, — aber das bleibt unter uns — der es erstaunlich schwer werden würde!

Charlotte. So! das soll wohl auf mich gehn?

Friedericke. Ich nenne ja niemanden! — Aber weil du doch soviel Selbsterkenntniß hast: Sag mir einmal, warum beträgst du dich so kalt und unempfindlich gegen einen Liebhaber, der dir durch hundertfältige Beweise seiner Liebe und Treue gezeigt hat, daß er eine bessere Behandlung verdient?

Charlotte. Puh! Nicht moralisirt gnädiges Fräulein! — Wenn ich launisch bin, so bist du unbesonnen, und also laß uns mit einander aufheben! Oder ist das etwa keine Unbesonnenheit, dich gleich auf den ersten Anblick in einen fremden Menschen zu verlieben, so sterblich zu verlieben, von dem du weiter nichts weißt, als daß er zwey gesunde Augen, eine erträgliche Nase

und ein paar gerade Beine hat? — Wer weiß,
was es für ein Vagabond ist!

Friederike. Das glaube ja nicht! Er ist
ein Mann von Ehre, oder alles Ansehn müßte
täuschen! Er hat Verstand, Wiz, und Gefühl,
dafür steh ich dir!

Charlotte. An Geist und Körper ein Apoll!
Ha ha ha! — Nun wahrhaftig, du bist das
erste Mädchen, das mitten in den Fluthen der
Donau Feuer gefangen hat!

Friederike. Und überdem rettete er mir das
Leben mit Gefahr seines eigenen: Bin ich ihm
dafür nicht Dankbarkeit schuldig?

Charlotte. O freylich! nichts ist billiger! —
Aber seze nun einmal den Fall, daß er verheurathet ist, daß er vielleicht drey vier Kinder hat,
daß —

Friederike. Um's Himmels willen hör auf
mit deinem sonderbaren Geschwäz! Ich sage dir,
er ist nicht verheurathet! Ganz gewiß nicht! Ich
habe in meinem Leben kein Gesicht gesehn, auf
dem so viel guter Humor sichtbar gewesen wär:
Wie kann er denn da ein Ehemann seyn? — Er
sagte mir, er wär ein Edelmann aus Mähren,

war gestern erst wegen eines gewissen Geschäfts hier angekommen, und du magst nun reden, was du willst, ich bin und bleibe fest entschlossen, ihm zu glauben!

Charlotte. Nun meinetwegen! Renne in dein Verderben, wenn du dich durchaus nicht willst zurück halten lassen! — Aber sag mir, was soll denn am Ende aus der Geschichte werden? Dein Vater will dich verheurathen, hat dich schon versprochen —

Friedericke. Nun ja, und der Himmel weiß, was mein hofnungsvoller Bräutigam für ein häßliches Geschöpf ist! — Du mußt mir doch gestehn, daß ich ein sonderbares Schicksal habe. Ich bin verlebt mit einem Menschen, den ich in meinem Leben nicht gesehn habe, und verliebt in Einen, den ich nicht kenne!

Charlotte. Der Fall ist freylich so allgemein eben nicht. Indessen die Liebe ist erfinderisch —

Friedericke. O, dafür steh' ich dir! Wenn du mir deinen Beystand versprichst, so sollst du sehn, wie ich das Ding einleiten will: denn du mußt wissen, daß ich große Lust habe, meinem Vater zu zeigen, daß ich für mich

wenigſtens eben ſo klug wåhlen kann, als
er.

Charlotte. Va! auf mich kannſt du rechnen!
Da haſt du meine Hand!

Friedericke. Das erſte warum ich dich bitte,
iſt, daß du mir dein Logis auf ein halbes Stündchen leihſt. Ich fand nicht für rathſam, mich
meinem Liebhaber zu erkennen zu geben: Ich hab
ihn alſo in einem Billet jezt hierher beſtellt, als
ob ich hier wohnte.

Charlotte. In mein Logis! — Vor ſich.
Was das für ein Glück iſt, daß ich dem Major
Lohwerth habe wiſſen laſſen, ich wår dieſen Vor-
mittag nicht zu Hauſe!

Friedericke Nun Lottchen? Du wirſt mir
doch nicht die erſte Bitte gleich abſchlagen?

Charlotte. O, das iſt mir nicht eingefallen
Ich hatte nur einen Skrupel: Wenn nur das
Ohngefähr, das uns ſo oft dumme Streiche ſpielt,
nicht etwa meinen beſchwerlichen Liebhaber Hellfort herführt. Das würde ein Lärm werden,
wenn er deinen Amadis hier fände! Natürlicherweiſe
würde er glauben, die Viſite gält mir: Du kannſt
gar nicht glauben, wie eiferſüchtig er iſt, und der

Himmel weiß, ob ich ihm die geringste Ursache
dazu gebe? — *Vor sich.* Ich wüßte es wohl allen
falls auch! — *laut.* Ich versichere dich, wenn
Hellfort deinen Liebhaber hier fänd —

Friedericke. Dafür hab' ich schon gesorgt.
Ich lasse ihn durch die Hinterthür herein führen. —
Sieh, ich habe auch noch eine andre Absicht darunter, daß ich ihn gerade hierher bestellt habe.
Du hast mehr Erfahrung als ich, und drum
möchte ich gern, daß du ihn sähst und sprächst, und
mir alsdenn deine Meynung von ihm sagtest.
Aber vorher muß ich ihn allein sprechen, das verstehe sich. Alsdenn will ich dich schon rufen lassen,
und da kannst du dein Examen mit ihm anstellen.
Ich will dich sogar allein mit ihm lassen. Sieh
nur, was ich für ein unumschränktes Vertrauen
in dich seze. — *Schallhaft treuherzig.* Du wirst mir
ihn doch nicht wegkapern?

Ein Bedienter. Herr von Park will die Ehre haben Eure Gnaden aufzuwarten.

Friedericke. Führ ihn nur herein. — Lottchen, du bleibst doch in der Nähe?

Charlotte. Gleich hier im nächsten Zimmer.
Ab.

Fünfter Auftritt.

Friedericke und Karl von Frankstein, als Herr
von Park.

Friedericke. Sie sehn, mein Herr, daß ich
ein Frauenzimmer von Wort bin. Sie baten
mich um eine Zusammenkunft, ich versprach sie
Ihnen, und --

Karl v. Fr. Und ich danke Ihnen diese Wohl-
that auf meinen Knieen! *Er will niederknien, Friedericke hält ihn zurück.*

Friedericke. Pfuy doch! Lassen Sie das.
Wir wollen uns lieber sezen.

Karl v. Fr. Dieser erste Beweis Ihrer Güte ist in der That so entscheidend, so groß, daß
ich es kaum wagen darf, Sie noch um einen
Zweiten zu bitten. Und doch — wahre Liebe ist
so begehrlich! Ihr genügt nie! Kaum gewährt
man ihr die Eine Gunst, so späht sie auch schon
mit gierigem Blick nach der zweiten: — O dürfte ich mich unterstehn, Sie um die Auflösung eines Zweifels zu bitten, der mich quält —

Friederike. Sagen Sie ihn frey heraus, und wenn ich ihn lösen kann —

Karl v. Fr. Das können Sie; können mir mit einem einzigen Wörtgen, mit einem entzückenden »Nein« das Leben geben. — Sagen Sie mir — o, ich zittre bey der Frage — sagen Sie mir: Sind Sie verheurathet?

Friederike. Wenn Sie d a s beruhigen kann: Nein, ich bin es nicht!

Karl v. Fr. küßt ihr mit Entzücken die Hand. Dank! tausend Dank! — Aber — Auch nicht schon irgend versprochen? — Ist Ihr Herz noch frey?

Friederike. Nun — das ist wirklich etwas schwer zu beantworten! — Aber ich will aufrichtig seyn: Mein Vater hat mich an einen Menschen versprochen, den i c h noch in meinem Leben nicht gesehn habe; aber mein Herz ist, fürcht' ich, an einen Andern versagt, den e r vielleicht in seinem Leben nicht gesehn hat!

Karl v. Fr. O, schönstes liebenswürdigstes Fräulein, aus Barmherzigkeit, lösen Sie mir auch noch den lezten Zweifel! Nennen Sie mir den glücklichen Sterblichen, den Sie eines solchen Schazes würdig fanden!

Friederike. Hm! das wär vor der Hand wohl noch ein wenig zu zeitig! Erst möchte ich wohl wissen, warum Sie so angelegentlich darnach fragen? Haben Sie mich doch noch nicht von dem Zustand Ihres Herzens unterrichtet?

Karl v. Fr. Ich bin gerade mit Ihnen im gleichen Falle. Mein Vater hat mir eine Gattin bestimmt, die ich noch nie sah; ein Einziges Wort, ein Einziger Wink von Ihnen, mein liebenswürdiges Fräulein, soll entscheiden, ob ich meinem Vater gehorchen soll oder nicht. — Ach! der Gehorsam würde mich auf mein ganzes Leben unglücklich machen.

Friederike. Und mich würde der Ungehorsam um mein Vermögen bringen. Mein Vater würde mich enterben!

Karl v. Fr. Das ist Kleinigkeit! Was ist Vermögen in den Augen der Liebe! — Und ich habe ein Einkommen, das Sie für diesen Verlust vollkommen trösten kann! — Darf ich Ihre Familie wissen?

Friederike. Noch nicht!

Karl v Fr. Wozu aber diese Zurückhaltung? Kann ich nicht Ihren Namen ohnedieß hier im Hause erfahren, sobald ich will?

Friederike. Sie würden dadurch um nichts klüger werden. Dieses Logis ist nicht meines; es ist einer Freundin, die es mir für diese Gelegenheit geliehen hat: Sie ist die einzige Person im ganzen Hause, die mich vor der Hand kennt. Erlauben Sie, daß ich Sie ihr vorstellen darf. Ich habe ein so unumschränktes Vertrauen zu dieser Freundin, daß ich mir vorgenommen habe, es ganz auf ihren Ausspruch ankommen zu lassen, ob ich meinem Vater Gehorsam leisten soll oder nicht. Sie sehen, ich gehe ganz offenherzig zu Werke. Sie klingelt. Ein Bedienter erscheint. Ich lasse Fräulein Charlotten bitten herüber zu kommen. Bedienter geht ab.

Karl v. Fr. vor sich. Charlotte? Wenn das meine Charlotte wär! Da wär ich allerliebst attrapirt! Charlotte erscheint. Beym Himmel sie selbst! Nun Zufall! Das ist ein schöner Streich, den du mir spielst!

Sechster Auftritt.

Vorige und Charlotte.

Charlotte vor sich. Was seh ich! Der Major
Lohwerth! Sicher hat sie mein Verständniß mit
ihm entdeckt, und ist willens sich über mich lustig
machen! — Aber daraus wird nichts: Ich will
thun, als kennt' ich ihn nicht.

Friederike. Liebes Lottchen, das ist der Herr
dem ich so viele Verbindlichkeiten habe. — Mein
Herr, das ist die Freundin, von der ich Ihnen
eben sagte. Sie ist überdem eine nahe Verwand-
tin von mir.

Karl v. Fr. Ich bin stolz darauf eine so
schöne Bekantschaft zu machen! Er spricht leise mit
Friedericken.

Charlotte vor sich. Ich glaube er parodirt
mich? — Ich weiß wahrhaftig nicht, was ich
von der Geschichte denken soll? — Und in meiner
Gegenwart, vor meiner Nase reden sie heimlich
mit einander? — Was das für eine Aufführung
ist!

Friederike. Lottchen, du wirst den Herrn

von Park indessen unterhalten, hoff ich; Du
weißt, daß ich ein kleines Geschäft habe. —
Zum jungen Frankstein. Sie werden mich entschuldigen. Ich bin bald wieder bey Ihnen.

Geht ab.

Siebenter Auftritt.

Karl von Frankstein und Charlotte.

Karl v. Fr. *vor sich.* Das wird hübsch werden! — aber friß Vogel oder stirb! — ich will
mich wahrhaftig nicht werfen lassen!

Charlotte *vor sich.* Herr von Park! Der
saubere Herr hat also den Namen verändert! Ey
so! — Was er für eine ruhige sorglose Miene
macht! Wie unverschämt! Könnt' ich ihn nur mit
gleicher Münze bezahlen! Ich muß mich zwingen: Wir wollen doch sehn, wie weit er's treibt!
— — *Laut.* Lassen wir uns doch nieder. Frankstein macht einen Bückling, auf den Charlotte gar nicht
Acht zu geben scheint.

Karl v. Fr. *indem er sich setzt, vor sich.* Was Teufel ist das? Sie thut so fremd gegen mich, als
ob sie mich in meinem Leben nicht gesehn hätte?

— Deſto beſſer! — Wenn mich Ihro Gnaden
nicht kennen wollen, — nach Ihro Gnaden Be-
lieben! Ich finde wahrhaftig nicht den geringſten
Beruff in mir, unſre Bekanntſchaft gerade jezt
zu erneuern!

Charlotte vor ſic. Nun bin ich nur neugierig, ob er reden wird? Ich fange gewiß das Ge-
ſpräch nicht an, darauf kann er ſich verlaſſen.

Karl v. Fr. vor ſich. Ich muß doch galant
ſeyn, und meine Dame unterhalten: Aber ſo, als
ob ich ſie in meinem Leben noch nicht geſehn hätte.
— Laut. Gnädiges Fräulein! — Hemhm! —
Mein gnädiges Fräulein! — hm hm! . . .

Charlotte vor ſic. Nun ſo etwas iſt mir
doch wahrhaftig noch nicht vorgekommen!

Karl v. Fr. Da ich noch nie die Ehre gehabt
habe, Sie zu ſprechen, mein gnädiges Fräulein,
ſo muß es Ihnen allerdings auffallen, daß das
erſte Wort, welches Sie von mir hören, gleich
eine Bitte iſt; und zwar die Bitte, mir bey Ihrer ſchönen Freundin das Wort zu reden. Indeſſen glaube ich, daß mich die genaue Freundſchaft,
die ohne Zweifel unter Ihnen Beyden iſt, vollkommen rechtfertigt. Und gewiß können Sie ihr

keinen entscheidendern Beweis dieser Freundschaft
geben, als wenn Sie die gute Sache eines Lieb-
habers bey ihr übernehmen, der es zum Geschäft
seines Lebens machen wird, ihr jede Glückselig-
keit zu verschaffen, die nur in seinen Kräften steht.

Charlotte vor sich. Das halt' ich nicht aus!

Karl v. Fr. fortfahrend. Ich weiß, wie viel
Sie über Ihre Freundin vermögen: Sie hat mir
es selbst gesagt; sie hat mich versichert, daß sie
es ganz auf Ihren Ausspruch würde ankommen
lassen, ob ich glücklich oder unglücklich seyn soll.
Mein Schicksal steht also ganz in Ihren Händen,
und in so schönen Händen kann es ohnmöglich
grausam ausfallen!

Charlotte. Ich muß gestehn, wenn Unverschämtheit eine Kunst ist, so sind Sie mein Herr
gewiß Meister in dieser Kunst!

Karl v. Fr. Gnädiges Fräulein!

Charlotte. Aber erlauben Sie mir, Sie
dem ohngeachtet zu versichern, daß Sie mich
nicht hintergehn!

Karl v. Fr. Sie hintergehn! Was meynen
Sie damit? In der That, ich würde untröstlich
seyn, wenn ich etwas gesagt hätte, das Sie be-

C

leidigen könnte! — Sicher muß hier ein Mis-
verständniß seyn —

Charlotte. Ja, es war eines, aber jezt ver-
steh ich alles! Erst von diesem Augenblicke an bin
ich dahinter gekommen, daß der muntre Major
Lohwerth kein Andrer ist, als der ernsthafte Herr
von Park!

Karl v. Fr. Major Lohwerth? — Sie sprechen außerordentlich dunkel, gnädiges Fräulein!

Charlotte. Wissen Sie auch daß mir dieser
Scherz nach gerade zum Ekel wird? — Man
muß die Unverschämtheit nicht zu weit treiben,
sonst —

Karl v. Fr. Gnädiges Fräulein, ich glaubte
bis jezt, daß ich einige Weltkenntniß hätte, weil
ich lange genug schon in und mit der Welt gelebt
habe; aber ich muß zu meiner Schande gestehn,
alleweile mache ich die Erfahrung, daß ich doch
noch nicht klug genug bin, um es mit den Launen
eines Frauenzimmers vom feinen Tone aufzuneh-
men!

Charlotte. Indessen, wenn ich der Sache
reiflicher nachdenke, so hab' ich wirklich Ursache
mit Ihrer Unverschämtheit zufrieden zu seyn;

In der That, es ist auf gewisse Art Bescheidenheit von Ihnen, daß Sie sich so hartnäckig verläugnen: denn es war ja eine übermüthige, eine unverzeihliche Unhöflichkeit, wenn Sie mir's ins Gesicht sagten, daß Sie mich zum Besten haben!

Karl v. Fr. Gnädiges Fräulein — Sie reden so unverständlich — Ich begreife kein Wort von allem, was Sie da sagen!

Charlotte. Oder wollen es nicht begreifen! — Aber ich dächte, Sie hätten nunmehr den Scherz weit genug getrieben. Noch ist es Zeit umzukehren: Gestehn Sie mir, daß Sie mich hintergangen haben, und ich werde vielleicht Weib genug seyn Ihnen zu verzeihen.

Karl v. Fr. *vor sich.* Gehorsamer Diener! — *laut.* Gewiß mein Fräulein, Sie müssen sich in der Person irren.

Charlotte *heftig.* Noch immer? — Kenn ich Sie etwa nicht?

Karl v. Fr. *vor sich.* Daran zweifle ich fast!

Charlotte *noch heftiger.* Was murmeln Sie da? — Wollen Sie mich aufs äußerste treiben?

Karl v. Fr. *vor sich.* So weit es gehn will!

Charlotte *außer sich.* Nun wohl mein Herr!

Da Sie vom Major Lohwerth gar nichts wissen
wollen, so will ich Ihnen hier ein Billet geben,
das ich erst gestern von ihm erhielt. *Sie giebt ihm*
ein Billet, das er mit scheinbarer Verwunderung besieht.
Es enthält seine Addresse: Suchen Sie ihn auf,
und sagen Sie ihm in meinem Namen, daß ich
ihn hasse, ihn verabscheue, ihn verachte! Ich
nahm seine Huldigung blos zum Zeitvertreibe an,
ich ließ mir sie gefallen, weil ich gerade in dem
Augenblicke nichts bessers zu thun wußte; sollte er
sichs aber einfallen lassen, sie zu erneuern, so
werde ich ihm begegnen, wie er's verdient. Sagen Sie ihm das von meinetwegen!

    Karl v. Fr. Aber mein gnädiges Fräulein,
darf ich mich wohl unterstehn, Sie zu fragen,
warum Sie gerade **mich** mit dieser Gesandt-
schaft beehren?

    Charlotte. Weil ich glaube, daß sie gerade
bey Ihnen in sehr guten Händen ist. —
Uebrigens werden Sie mich außerordentlich ver-
binden, wenn Sie dieses Haus unverzüglich verlassen!

    Karl v. Fr. Ich will nicht untersuchen, wo-
mit ich mir Ihren Zorn über den Hals zu laden

so unglücklich gewesen bin; ich will Sie nur vor
der Hand bitten, daß Sie die Gnade haben, mir
zu erlauben, Ihre schöne Freundin erst zu erwar=
ten. Vielleicht gelingt es mir alsdann dieses Miß=
verständniß aufzuklären.

Charlotte. O, ersparen Sie sich diese Mühe.
Meine Freundin haben Sie, wenn es auf mich
ankommt, zum leztenmale vorhin gesprochen:
Wenigstens in diesem Hause! — Ich bitte noch=
mals — Sie zeigt ihm die Thür. Oder, ich will
Ihnen Plaz machen!

Sie geht ab.

Karl v. Fr. allein. Ha ha ha! Nun wahr=
haftig, das ist das drolligste Abentheuer, das
je ein irrender Ritter bestanden hat! — Aber
Frankstein, weißt du wohl bey alledem, daß du
der unverschämteste Bube unter der Sonne bist?
— Ha ha ha! Aber auch unternehmend! ver=
teufelt unternehmend! Zwey Liebhaberinnen und
eine Braut auf einmal! ohne was es noch so
nebenbey abwirft! — Ein Bedienter öfnet die Thür,
Frau von Hahn tritt herein. Was ist das! — Auf
Ehre, die Wittwe von Gestern! Nun die hat
noch gefehlt! — Was die nur hier will?

C 3

Achter Auftritt.

Karl von Frankstein. Frau von Hahn, und ihr
Bedienter.

Frau v. H. Geht hinein Adolph, und seht
ob die Fenster alle zu sind, damit ja kein Lüftzug
ist. Auch den Kamin in meinem Cabinet macht zu.
Bedienter ab.

Karl v. Fr. vor sich. Die wohnt also auch
hier? — Dieses Haus ist ja ein wahres Feen-
schloß!

Frau v. H. wird Frankstein gewahr. Wo mir
recht ist — ja wahrhaftig der Cavalier, der gestern Abend beym Feuerwerk neben mir saß! —
Frankstein macht ihr eine Verbeugung, die sie erwiedert.
Darf ich fragen, mein Herr, was Sie hierher
führt?

Karl v. Fr. Was anders, meine gnädige
Frau, als die Begierde Ihre schöne Hand zu küssen? Sie hatten gestern Abend die Gnade, mir
zu erlauben, daß ich Ihnen in Ihrem Hause auf-
warten dürfte; Können Sie mir zutrauen, daß
ich eine solche Erlaubniß ungenützt lassen soll-

te? — O, da müßten Sie nicht so schön
seyn!

Frau v. H. In der That — Sie sind so —
ach mein armer Kopf!

Karl v. Fr. Wie? — ist Ihnen nicht wohl
gnädige Frau?

Frau v. H. Immer noch meine alten Um-
stände! Fieberfrost, — sie schüttelt sich. Kopfweh! — Seitenstechen! — Meine Aerzte bestanden darauf, daß ich mir eine Bewegung machen müßte. Ich habe einige Touren im Prater
herum gemacht, aber ich fürchte, ich habe nur
Uebel ärger gemacht! — Jeden falschen Tritt,
den die Pferde thaten, fühlte ich im Kopfe. Fühlen Sie nur, wie unruhig mein Puls geht!
Sie giebt ihm die Hand, er fühlt an den Puls, hert
eine Weile, und bedeckt dann die Hand mit Küssen.
Nun? geht er nicht recht fieberhaft?

Karl v. Fr. O wahrhaftig, gnädige Frau,
wenn Sie wollen, daß man Ihren Puls beob-
achten soll, so müssen Sie keine so schöne Hand
haben! — Er küßt sie wieder. Man vergißt ja
darüber Puls und alles!

Frau v. H. Schmeichler! — So lassen Sie

C 4

mir doch die Hand los! — Ach nun bekomme ich
wieder Herzensbeklemmungen! — Frankstein hält
ihre Hand immer noch an seine Lippen. Pfuy doch!
— ach — es wird mir ganz dunkel vor den Augen!

Karl v. Fr. Mir auch, gnädige Frau, mir
auch! — Bey Seite. Ich wollt', ich wär sie mit
guter Art los! — Laut. Es ist aber auch hier zu
viel Luftzug im Saale! Ich dächte, Sie ließen
sich nach Ihrem Zimmer bringen.

Frau v. H. Ja, das will ich! Wollen Sie
wohl einmal nach dieser Thür gehn, und meine
Leute rufen? — Frankstein geht hin, Adolph und
Hannchen erscheinen, und führen die Frau von Hahn ab.
Sie kommen doch mit?

Karl v. Fr. Ich werde nicht ermangeln, Eure Gnaden meine Aufwartung zu machen! —
Allein. Da hätt' ich etwas davon! Sie kann lange warten! Die Gesunden machen mir schon so
viel zu schaffen, was würde nicht vollends eine
kranke Liebhaberin thun? — Das Beste ist, ich
mache mich vor der Hand aus dem Staube, denn
hier bin ich von keiner Seite sicher. Durch diese
Thür bin ich ja herein gekommen! Ab durch eine
Mittelthür.

Neunter Auftritt.

Friederike und Charlotte
aus einer Seitenthür, der gegen über, wo Frau von
Hahn abgegangen ist.

Friederike. Ha ha ha! Nimm mir's nicht
übel, liebes Lottchen, aber ich muß lachen! Blo-
ßes Wiedervergeltungsrecht!

Charlotte. Ich versichere dir aber, daß es
die reine lautere Wahrheit ist!

Friederike. Ja doch! Hahaha! — Ich
glaub's ja!

Charlotte. Wenn ich dir's aber zuschwöre!

Friederike. Ich glaub's ja ungeschworen!
— Ha ha ha! — Es ist ja einmal unter uns
Frauenzimmern so Sitte, daß wir von denen
Mannspersonen übels reden, die uns gefallen! —
Das heißt mit verdeckten Karten spielen!

Charlotte. Wenn ich dir aber sage, daß ich
ihn verachte, ihn verabscheue! — Er ist ein
Betrüger, der uns Beide hintergeht. Er heißt
nicht Park: Er heißt Lohwerth und ist Major von
der Infanterie; sein Regiment steht in Ungarn.

C 5

Friedericke. Aber ich bitte dich, wo haft du denn diese Nachricht her?

Charlotte. Aus seinem eignen Munde!

Friedericke. So? Du kennst ihn also auch?

Charlotte. Freylich! und habe ihn eher gekannt als du!

Friedericke. Du? Das gefällt mir! Und wie bist denn du mit ihm bekannt geworden?

Charlotte. Gerade auf dieselbe Art wie du, nur mit dem Unterschiede; du zu Wasser, und ich zu Lande! Er machte mir Liebesanträge.

Friedericke. Dir! Liebesanträge!

Charlotte empfindlich. Nun ja! Mir! Findest du etwa, daß ich einer solchen Mühe nicht werth bin?

Friedericke spöttisch. O, das wohl! Aber ich wundre mich nur, daß er dich um meinet willen sollte haben sitzen lassen!

Charlotte indem sie belehrt. Mich sitzen lassen! Ich dächte, mein gnädiges Fräulein das hätte ich nicht gesagt! — Mich sitzen lassen! Ha! ha!

Friedericke. Weswegen wärst denn du sonst so böse auf ihn! — Aber Lottchen, im Ernst

du hätteſt deine Sachen ein wenig feiner machen
ſollen: Mit dieſem Kunſtgriff bringſt du mich nicht
ſo weit, daß ich mit ihm breche!

Charlotte. Kunſtgriff! Weißt du wohl, daß
du unausſtehlich beleidigend wirſt?

Friedericke. Nun, damit ich dir zeige, wie
gern ich deine Freundin bleiben will: Beweiſe mir
das, was du ihm Schuld giebſt, und du ſollſt
ſehn, mit dem Augenblicke will ich alle Verbin-
dung mit ihm aufheben!

Charlotte. Wohlan: Schreibe du ein Billet
an ihn, unter dem Namen des Herrn von Park,
ich will eines ſchreiben, unter der Adreſſe des
Major von Lahwerth - Wir wollen ihn Beide genau auf dieſelbe Viertelſtunde hierher beſtellen:
Kommen zwey verſchiedne Perſonen, ſo iſt unſer
Streit geendigt. Kommt nur Einer, und ich
bringe ihn nicht dahin, daß er in deiner Gegenwart alles eingeſteht, was ich ihn beſchuldige, ſo
will ich dir meine demüthigſte Verbeugung machen, und dich vor ſeinen Augen um Verzeihung
bitten.

Friedericke. Und wenn du ihn alles deſſen
überführſt, was du ihm Schuld giebſt, ſo kannſt
du auf meinen beſten Knicks rechnen!

Zehnter Auftritt.

Vorige und Hellfort.

Charlotte vor sie. Hm! der hat noch gefehlt!

Hellfort zu Charlotten. Ich freue mich, gnädiges Fräulein, Sie in so guter Gesellschaft zu finden!

Charlotte. Hm! — Die gute Gesellschaft bleibt selten lange gut!

Hellfort. Es sollte mir Leid thun, wenn ich es wär, der sie verdürbe! Ich möchte nicht gern einen solchen Vorwurf verdienen! Macht eine Verbeugung und will gehen.

Friederike. O Herr von Hellfort, auf mein Wort, Sie dürfen nicht sogleich wieder gehn. Heimlich zu Charlotten. Höre, führe dich gescheut gegen ihn auf, oder wir bekommen noch mehr Händel mit einander! — Laut. Um Verzeihung Herr von Hellfort! — Ich will nur einen Brief schreiben, dann bin ich wieder bey dir Lottchen!

Ab.

Eilfter Auftritt.

Charlotte und Hellfort.

Charlotte vor sich. Sie hat Recht! ich muß ihn schonen! — Laut. Sie sind auch immer geneigt, alles was man sagt auf das schlimmste zu deuten!

Hellfort. Wenn ein Frauenzimmer von Verstande etwas sagt, mein gnädiges Fräulein, so ist es ja meine Pflicht, es im plansten Sinne zu nehmen, denn nur diejenigen, denen es an Verstande fehlt, suchen etwas darin, unverständlich zu reden.

Charlotte. Aber wer wird auch verlangen, immer mit einem gefälligen Lächeln aufgenommen zu werden? Man hat ja wohl seine verdrüßlichen Augenblicke —

Hellfort. Um Vergebung, gnädiges Fräulein; wenn es nur Augenblicke wären! Aber es sind Tage! Diese lezten zehn Tage her haben Sie mir immer mit einer Art von ernster — ich will nicht sagen kränkender — Zurückhaltung begeg-

net. Es war eine Zeit, wo Sie mit Ihrer
Freundlichkeit nicht so sparsam umgingen! — Und
da Sie sich gegen alle um Sie herum so heiter
und freundlich betragen, und nur bey mir eine
Ausnahme machen, so muß mir das doch noth=
wendig auffallen!

Charlotte vor sich, indem sie thut, als legte sie
etwas an ihrem Kleide zurecht. Wenn er etwas vom
Major entdekt hat, so bin ich verloren! —
Nein, ich glaube doch nicht! — Ich muß ihn
nur wieder gut machen! — Laut. Männer von
Ihrem Werth, lieber Hellfort, finden freylich
nicht immer die Behandlung, die sie verdienen!
Aber wir Mädchen sind nun einmal närrische Din=
ger! Wir haben nun einmal unsre Grillen und
Launen, die wir auch nie abzulegen streben, weil
wir uns zu sehr auf die Nachsicht unsrer Liebhaber
verlassen!

Hellfort. O diese himmlische Güte entwaf=
net auf einmal meine ganze Empfindlichkeit! —
Aber, meine Charlotte, sagen Sie mir, ich be=
schwöre Sie, war meine Eifersucht ohne Grund?
Sagen Sie mir's aufrichtig!

Charlotte. Lassen Sie sich das von Ihrem

eignen Herzen beantworten! — Aber jetzt muß
ich um Verzeihung bitten. Ich muß Sie verlassen: Ich habe ein kleines Geschäft, das keinen
Aufschub leidet. — Ich sehe Sie aber doch bald
wieder?

Hellfort. Braucht es wohl dieser Frage?

Charlotte. Nun also — nochmals um Verzeihung! — Im Abgehen vor sich. Wie leicht man
doch den klugen Herrn der Schöpfung etwas weiß
machen kann! — Nun den Brief an den Major! Ab.

Hellfort allein. Hm! Dieser schnelle Ueber-
gang von der stolzesten Zurückhaltung zur gefällig-
sten Freundlichkeit ist nicht natürlich! Dahinter
muß etwas stecken, das ich zu ergründen suchen
muß! — Wenn sich die Mädchen unsre Vor-
würfe so leicht gefallen lassen, so haben sie sicher
schon wieder ein Plänchen im Kopfe, neue zu verdienen! Ab.

Zweiter Akt.

Hellforts Wohnung.

Erster Auftritt.

Karl von Frankstein. Finder, tritt eben herein mit zwey Billets.

Finder. Gnädiger Herr, da sind zwey Billets — Ich denke, Sie werden wohl Beide, an Sie seyn.

Karl v. Fr. Wer hat sie gebracht?

Finder. Zwey Bedienten: Sie sind Beide noch draußen und warten auf Antwort.

Karl v. Fr. Sie sollen nur ein wenig verziehn.

Finder. Recht wohl, gnädiger Herr!

Ab.

Zweiter Auftritt.

Karl von Frankstein allein, besieht die Billets.

»An Herrn Major von Lohwerth.« — Das ist Charlottens Hand. — »An Herrn von Park« Das muß von meiner schönen Unbekannten seyn! — Fast hätt' ich Lust, das zuerst zu erbrechen! — Aber Charlotte könnte ihr wohl allerhand Dinge von mir in den Kopf gesezt haben, und da müßte das Billet eben keine ganz unterhaltende Lectüre seyn. — Es ist doch dumm, wenn man kein gutes Gewissen hat! — Es wird mir ganz warm ums Herz! — Am besten, ich lese Charlottens Billet zuerst. Die wird vermuthlich brav schimpfen und schmälen, und bittere Essenz stärkt den Magen, wie man sagt; also — indem er das Billet erbricht frisch hinunter geschluckt! — er liest, Hm — hm — — ich habe Ihnen Dinge von Wichtigkeit zu sagen — finden Sie sich in einem Stündchen bey mir ein — doch bedinge ich mir ausdrücklich aus — ausdrücklich aus — daß der heutigen Scene zwischen uns keine Erwäh-

D

»nung geſchieht.« — So! — Ah, die Be-
dingung war nicht nöthig geweſen! Ich würde
ohnedem nichts davon erwähnt haben! — Aber
dahinter ſteckt etwas! — Vielleicht enthält das
die Auflöſung des Räthſels! — Er erbricht das
andre Billet. »Meine Couſine Charlotte hat mir
»allerhand Dinge von Ihnen geſagt, die mich ſehr
»unruhig machen.« — Ah, daran hat Ihre liebe Couſine ſehr Unrecht gethan! — »ich bin
»ungeduldig zu hören, was Sie dagegen vorzu-
»bringen haben;« — Wird nicht viel ſeyn, meine Schöne! — »Ich bitte Sie dahero ſich
»gegen vier Uhr bey meiner Couſine einzufinden«
— Gegen vier Uhr! und jezt iſt's — er zieht die
uhr heraus um drey! — Teufel! Um dieſelbe
Stunde alſo, und an demſelben Orte! — »Ihre
»Pünktlichkeit ſoll entſcheiden, in wie weit ich die
»Verſicherungen Ihrer Liebe für aufrichtig hal-
»ten darf.« — Ah, da muß ich ja wohl freylich pünktlich ſeyn! — — Alſo wär das Räthſel
aufgelöſt! Meine beiden Göttinnen haben ſich gegen einander expektorirt, und ſonach wär ich
ganz gewiß um Eine geprellt, — wo nicht gar um
Beide! — Das wär doch verdammt famm! —

Nun Unverschämtheit, die du schon so manchem Erdensohne durch die Welt geholfen hast, beglückselige mich jetzt mit deinem ganzen, wohlthätigen Einflusse! Vollende dein Werk, das du anfingst, große Göttin, denn sieh nur, deine Ehre ist mit im Spiele!

Dritter Auftritt.

Karl von Frankstein und Hellfort.

Karl v. Fr. O Hellfort! Die Vorfälle fangen sich an zu häufen! Was für Abentheuer, seit wir aus einander gingen! Hofnung und Furcht, Glück und Unglück, kluge und dumme Streiche, eine wahre Robinsonade! — Ja, so etwas kann nur mir begegnen!

v. Hellfort. O, mir sind deine Robinsonaden nichts neues! Ich habe schon oft die Ehre gehabt, ein Augenzeuge davon zu seyn.

Karl v. Fr. Aber eine solche dumme Geschichte, Hellfort, eine solche Verlegenheit! —

v. Hellfort. Durch welche sich doch ein solches Universalgenie wie du, hoffentlich nicht wird

aus der Fassung bringen lassen? — Aber laß
dich hören!

Karl v. Fr. Zuvörderst also mußt du wissen,
daß der Ort, wo mir meine Venus das Rende-
vous gab, kein andrer war, als — die Wohnung
meiner Juno, der sie mich denn auch auf die läch-
lichste Art von der Welt, als eine neue Bekanntschaft vorstellte, und bestens anempfahl. — Ist
das nicht zum tollwerden?

v. Hellfort. Ha ha ha! Lustig! Bey meiner
Ehre! Und wie nahmst du dich dabey?

Karl v. Fr. Nun das kannst du leicht denken! Ich war und blieb Herr von Pork, setzte
meine Liebesanträge bey meiner Unbekannten in
der Andern Gegenwart fort, und brachte durch
mein sorgloses unverschämtes Gesicht meine Juno aus aller Fassung. Du hättest sie sollen sehen, als ich ihr unter die Nase behauptete, ich
hätte sie in meinem Leben nicht gesehn! Ha
ha ha! die Augen hätte sie mir mögen ausreis-
sen!

v. Hellfort. Das muß man dir zum Ruhm
nachsagen, du bist ein Muster von Bescheidenheit.
— Aber haben sich deine Göttinnen nicht gegen einander erklärt?

Karl v. Fr. Freylich haben sie das! Aber Beide wissen noch nicht recht, woran sie mit mir sind. — Da hab' ich eben diese verwünschten Billets bekommen. — da lies selbst! *Er giebt ihm die Billets, die Hellfort liest.* Nun sag einmal selbst, — Ja du weißt noch nicht einmal alles: In demselben Hause wohnt auch eine Wittwe, der ich gestern Abends beym Feuerwerke blos zum Zeitvertreib allerhand Süßigkeiten vorgeschwazt habe, und die gar nicht übel Lust hat, aus dem Spaße Ernst zu machen.

v. Hellfort. Armer Frankstein! Du bist wirklich zu bedauern!

Karl v. Fr. Und doch hab' ich noch einige Hofnung, mit deinem Beystande versteht sich, den Kopf noch eine Weile über Wasser zu halten.

v. Hellfort. Nun, das muß ich sagen! — Aber beide kannst du doch nicht nehmen! Eine mußt du fahren lassen, du müßtest dich denn theilen können.

Karl v. Fr. O, ich merke, du hast von meinem Unternehmungsgeiste eine schlechte Idee. — Ich sage dir, wenn du mir helfen willst, so beginn ich das Werk unerschrocken.

v. Hellfort. Wenn mich auch meine Freundschaft gegen dich nicht antrieb, dir mein Wort zu
geben, so würde es doch die Neugierde thun. —
Aber was hab' ich zu thun?

Karl v. Fr. Es wird nöthig seyn, daß du in
Person erscheinst. Was du da zu sagen hast, davon will ich dich schon unterrichten.

v. Hellfort. Von Herzen gern: Und was
weiter?

Karl v. Fr. Wir müssen noch jemand haben, der die Rolle eines Offiziers übernimmt.

v. Hellfort. Hm! — Nachsinnend. Für den
kann mein Finder sorgen! Wir ziehen ihm eine
alte Uniform von mir an!

Karl v. Fr. Das geht an! — Jtzt will ich
meinen Damen Bescheid sagen lassen!

Im Abgehen.

v. Hellfort. Du bist ein wahres Original!
— Aber darf ich wenigstens wissen, wo der Schauplaz dieser Farce ist?

Karl v. Fr. dreht sich in der Thür um. Das ist
fast um eine Stunde noch zu zeitig! — Doch,
du bist ja einmal in mein Geheimniß eingeweiht!
Im Buttlerischen Hause in der Leopoldsstadt.

Geht ab.

v. Hellfort allein. Wie? Hab' ich recht ge=
hört? Sagt er nicht im Butterischen Hause?
— Alle Wetter! da wär's ja wohl gar Charlot=
te, die er seine Juno nennt? — Laß sehn! Zehn
Tage sind's, seit sie ihr Betragen so auffallend
gegen mich geändert hat, und gerade so lange ist
Frankstein hier! — O ich Dummkopf! ich gut=
herziger Dummkopf, leiste meinem Nebenbuhler
bey meiner eignen Geliebten hülfreiche Hand! —
Mein Trost ist nur, daß er's nicht weiß, was er
für einen Esel aus mir macht! — Hm! Was
nun zu thun? — Mein Wort hab' ich ihm ein=
mal gegeben, und zurücktreten kann ich nicht wie=
der, ohne mich zu verrathen. — Am Ende ge=
winne ich wohl noch dabey: denn auf die Art ler=
ne ich hübsch Charlotten ganz kennen, ehe ich noch
so fest mit ihr verwickelt werde, daß mir diese
Kenntniß nichts mehr hilft! — Es ist doch wirk=
lich in der ganzen Welt nichts so schlimm, das
nicht zu etwas gut wär! — Ich wollte die Stun=
de wär schon vorbey!

Vierter Auftritt.

Im Buttlerischen Hause. Zimmer der Frau von Hahn.

Frau von Hahn, sitzt in einem Lehnstuhl an einem Tisch, der ganz voller Arzneybüchsen, Gläser und Schachteln steht. Hannchen reicht ihr eben eine Schachtel.

Frau v. H. Du bist auch recht unachtsam Hannchen! — Ich sage, du sollst mir das Hirschhorn geben, und du giebst mir die Schachtel mit dem Rhabarber!

Hannchen. Ach das hab' ich versehen! Da ist das Hirschhorn.

Frau v. H. indem sie einnimmt. So! — Ach die fatalen Vapeurs!

Hannchen. Wenn mir die gnädige Frau folgen wollten, so würfen Sie alle Medizin zum Fenster hinaus, und ich wette mein Leben, in drey Tagen sollten Sie gesund seyn.

Frau v. H. Gesund seyn! Wie du so reden kannst! Welche Frau vom Stande will denn im

hier gesund seyn! Das überläßt man gewissen
Leuten! — Immer gesund seyn, das ist eben
als wenn man immer aufgeräumt und lustig seyn
wollte! Krankheit giebt uns so ein schmachtendes,
sanftes, hinreißendes Wesen, eben so wie die Me-
lancholie, das Ansehn von Wichtigkeit, von Tiefsin-
nen und Verstande giebt. — Wo sind die Bediente?

Hannchen. Sie sind im Vorzimmer.

Frau v. H. Ruff sie herein! — Zwey Bediente. Adolph, geht Ihr zur Frau von Freyhoff,
ich ließe mich erkundigen, wie sie sich befände
und mein Fieber hätte ein wenig nachgelassen. —
Ihr Christian, geht zur Baronin Storf; meinen
Respekt, und ich war so sehr von Vapeurs geplagt, daß ich sehr zweifelte, ob ich diesen Abend
würde in die Assemblee kommen können. Ich ließ
fragen, was der neue Affe, und der Herr Ba-
ron, ihr Gemahl machten? Wo ist Anton?

Hannchen. Er ist noch nicht wieder zurück,
gnädige Frau!

Frau v. H. Wie lange bleibt er denn aber!
— Es ist ein rechter Tölpel, der Anton —
Nicht einmal eine Krankheit kann er ordentlich
bestellen! Lezthin schick ich ihn mit der Kolik zur

...kommt, hin, und sagt in seiner plumpen Bedientensprache, ich hätte Leibschneiden!

Hannchen. Ach, ich wünschte, Ihro Gnaden hätten gar keine Krankheiten zu bestellen! Ich für mein Theil —

Frau v. H. Du für dein Theil, bist ein hartes männliches Geschöpf! Ein Frauenzimmer, das nicht schwächlich und kränklich ist, begeht einen Hochverrath an ihrem Geschlecht. Alle meine guten Freundinnen kränkeln, und was das beste ist, so haben wir Damen von Stande, unsre eignen Krankheiten, in deren Besiz wir vorzugsweise sind, und die noch nicht durch Leute von geringern Stande entweiht sind. Da ist zum Beyspiel, die Gicht, da sind verdorbene Mägen, Herzensbeklemmungen, apoplektische Zufälle, Wallungen im Blute; Spleen, Migräne; die mehrentheils blos dem Adel eigen sind —

Hannchen. Ihro Gnaden vergessen die Vapeurs —

Frau v. H. Ach ja! — meine lieben lieben Vapeurs! Die hätt' ich fast vergessen!

Hannchen. O, es ist eine böse Krankheit,

die Vapeurs! Da war die erste Frau von meinem
Vetter dem Schmidt Hartmann, die war er-
schrecklich damit geplagt!

Frau v. H. Bist du toll? Eines Schmidts
Frau Vapeurs? Du könntest eben so gut sagen, ihr
Mann wär hypochondrisch gewesen! Ha ha ha! —
Aber gieb mir doch wieder Medizin! Ge-
schwind!

Hannchen. Was für welche? Befehlen Eure Gnaden die Stahltropfen, oder die Latwerge,
oder den Liquor anodynus, oder die Pillen? —
oder hier die bittere Essenz?

Frau v. H. Oder! — Das Mädchen wird
mich noch umbringen mit ihren Fragen! — gieb
was du willst! — Wahrhaftig du hättest dich
vortrefflich zur Gastwirthin geschickt! Deine Gäste
wären blos von deinen Fragen satt geworden!

Hannchen die indessen Tropfen in einen Löffel
gezählt hat. Hier, gnädige Frau, ist der Liquor!

Frau v. H. Gut gut! gieb nur, gieb! —
Hu hu! — Mein Fieber kommt wieder!

Fünfter Auftritt.

Vorige und von Samberg.

v. Samberg. Um Vergebung, es ist nicht das Fieber! — Ich bin's!

Frau v. H. Ach! — aus dem Regen in die Traufe!

v. Samberg. Das heißt auf deutsch, daß ich noch schlimmer bin als das Fieber? — Ich danke Ihnen für das Compliment, meine gnädige Frau! — er küßt ihr die Hand und um Ihnen zu zeigen, daß Sie wahr reden: Sehen Sie, wie Fieber das Lebensart versteht, weicht gemeiniglich vor der Medizin; bey mir ist's aber anders: die Medizin muß vor mir weichen! Er nimmt so viel er von den Schachteln und Fläschgen, die auf den Tisch stehn in der Geschwindigkeit zusammen fassen kann, und wirft sie zum Fenster hinaus.

Frau v. H. Ums Himmels willen! was machen Sie? — Ah! Sie werden mich umbringen.

v. Samberg. Gerade das Gegentheil, lieber Engel! Ich will verhindern, daß man Sie nicht umbringe. Er setzt sich neben sie, und faßt sie zärtlich bey der Hand. Oder glauben Sie, daß mir so wenig an Ihrem Leben gelegen ist? Mein! in der That, dieses kostbare Leben ist mir zu schätzbar — Wenn Sie wüßten, wie sehr ich Sie liebe!

Frau v. H. Und das soll ich wohl für Beweise Ihrer Liebe annehmen, daß Sie mich unaufhörlich kränken und beleidigen?

v. Samberg. Nein! ich kränke, ich beleidige Sie nicht! Wenigstens will ich das nie! Ich sorge für Ihr wahres Wohl! Nur das liegt mir am Herzen. Ich kann es nicht gleichgültig mit ansehn, daß Sie so unaufhörlich in Ihre Gesundheit hineinstürmen. Was soll diese ungeheure Menge von Arzney? Sie sind so gesund als —

Frau v. H. Ich gesund! Nun da höre, Hannchen, was für himmelschreyendes Unrecht er mir anthut! — Hu hu hu! — Das Fieber wird mich noch unter die Erde bringen!

v. Samberg. Das wird es nicht, glauben Sie mir! Sie bilden sich nur dieses Fieber ein! Aber es kann Ernst daraus werden, wenn Sie so fortfahren; umsonst und um nichts, bloß um eines thörichten Vorurtheils willen, zu medizeiniren. Jezt sind Sie noch jung, jezt widersteht Ihre gute Natur noch den widerwärtigen Einwirkungen dieser unnöthigen Arzneyen. Aber es wird nicht immer so bleiben! Wenn Sie so fortfahren, wie jezt, so gebe ich Ihnen mein Wort, es wird eine Zeit kommen, wo Sie Aerzte und Apotheken verwünschen werden, wenn Sie die Noth dazu dringt, Ihre Zuflucht zu ihnen zu nehmen.

Sechster Auftritt.

Vorige und Buttler mit Briefen in der Hand.

Buttler. Guten Tag Frau Schwester! — Nun sage mir, ob du toll bist! Da krieg ich alleweile den Avis, daß eine ganze Kiste Chinarinde an dich angekommen ist. Was Teufel willst du denn mit dem Zeuge machen?

v. Samberg. Das will ich Ihnen sagen: Die gnädige Frau hat sie verschreiben lassen, blos um dem Hospitale ein Geschenk damit zu machen! Gewiß ein sehr edler Zug ihres guten Herzens!

Frau v. H. Ich! — Dem Hospital? — Nein —

v. Samberg. Hören Sie? Sie will es nicht Wort haben! Das ist großmüthigen Seelen so eigen, daß sie ihre Wohlthätigkeit verbergen. — Aber auf mein Wort, es ist so! Lassen Sie die Kiste nur auf meine Gefahr gerade an das Hospital abliefern!

Butler. So? nun wenn das ist! — Er ruft zur Thür hinaus. He, Jakob! die Kiste F. H. wird frey gemacht, und sogleich ins Hospital abgeliefert!

Frau v. H. Aber so hören Sie doch nur —

v. Samberg. O ich bitte Sie, gnädige Frau, treiben Sie die Delikatesse nicht zu weit. Es ist ja Ihr Herr Bruder; und da ich diesen Zug Ihrer Grosmuth weiß, so kann er ihn ja auch wissen!

Frau v. H. Hat man je so etwas gesehn!

Buttler. Also für's Hospital! — Hm hm! Ich dachte schon, du wolltest mein Haus zur Apotheke machen, und das hätt' ich mir sehr verbitten wollen. Mit einem Lazareth hat es ohnhin schon viel Aehnliches! Die Aerzte kommen nicht von der Treppe!

Siebenter Auftritt.

Vorige und zwey Aerzte sie komplimentiren unter der Thür um den Vortritt.

Buttler bei Seite. Nun? hab ich's nicht gesagt! Hab' ich's doch alle mein Lebetage gehört: Man muß den Teufel nicht an die Wand malen!

Erster Arzt. Wir kommen uns zu erkundigen, meine gnädige Frau, wie Sie sich heute befinden?

Frau v. H. Ach ich wollte, Sie wären diesen Morgen gekommen! — Ich habe eine sehr unruhige Nacht gehabt!

Erster Arzt indem er ihren Puls befühlt und eine gelehrte Miene macht. Hm! hm! — So muß ich Ihnen etwas für den Schlaf verschreiben!

Frau v. H. Ich habe vor halb vier Uhr kein Auge zugethan!

Buttler. Sehr natürlich, Frau Schwester! Es war ja schon über drey Uhr, als Sie nach Hause kamen!

Frau v. H. macht ihrem Bruder ein finsteres Gesicht und fährt fort. Mein Blut war so sehr in
Wallung, es war mir eine Hitze!

v. Samberg. Sehn Sie, Liebe! Ich sagte
es Ihnen wohl, daß Sie die lezten zwey Gläser
Champagner nicht trinken sollten! Warum folgten
Sie mir nicht?

Erster Arzt. Der Puls geht äußerst fieberhaft! fühlen Sie einmal, Herr Confrater!

Zweiter Arzt. Recht Herr Confrater! äußerst fieberhaft!

Erster Arzt. Und der Appetit, meine gnädige Frau?

Frau v. H. Ach sehr schlecht! sehr schlecht!

v. Samberg. Kein Wunder, wenn man
Viertelstunden Arzney nimmt!

Buzzler. Und doch — nehmen Sie mir's
nicht übel — haben Sie diesen Mittag Ihr Reb-
hühnchen ganz niedlich zusammen gepuzt! Und
von dem Viertelhundert Austern blieben auch nicht
übrig!

Erster Arzt. Wir müssen etwas verschreiben.
Lassen Sie uns ein kleines Consilium medicum
anstellen, Herr Confrater!

E

Zweiter Arzt. Ja, Herr Confrater! Wollen
Sie uns das thun. Also was erst den Statum
morbi betrift —

Frau v. H. A propos meine Herren, wissen
Sie wohl, daß ich mich mit Ihnen zanken möchte? Sie verkleiden mir meine Medizin nicht genug, es ist welche dabey, die so widerwärtig, so
sehr nach der Apotheke schmeckt!

Erster Arzt. Ja, sehen Sie, meine gnädf.
Frau, wir dürfen sie nicht mehr verkleiden, wenn
wir ihre Wirkung nicht verhindern wollen!

Frau v. H. Ach, was kümmert mich die
Wirkung? Wenn sie nur besser schmeckt!

v. Samberg heimlich zum Arzt. Hören Sie,
lieber Herr Doktor, ich dächte, Sie ließen die
Medizin lieber gar weg, statt sie wohlschmeckend
zu machen. — Ich will schon ihre Kur vollends
besorgen!

Erster Arzt zieht den andern auf die Seite.
Herr Confrater, wir müssen vorsichtig und behut-
sam zu Werke gehen! Wenn wir das nicht thun,
so müssen wir wahrhaftig gewärtig seyn, sie wird
uns unter den Händen gesund!

Zweiter Arzt. O, das sollt' ich doch nicht

meynen, Herr Confrater! Sie ist eine viel zu vornehme Dame, als daß sie das thun sollte!

v. Samberg *der sie behorcht hat.* O, gnädige Frau! Das hätten Sie hören sollen! Die Herren fürchten, daß Sie ihnen unter den Händen gesund werden, ehe die Kur noch aus ist! — Hahaha! Aber meine Herrn, jezt ernsthaft! Haben Sie die Güte sich vor der Hand nicht eher wieder herzubemühen, als bis i c h Sie rufen lasse! Arzneyen braucht die gnädige Frau jezt auch nicht, denn ob ich gleich vorhin eine ziemliche Parthie zum Fenster hinaus transportirt habe, so steht doch hier noch genug für den Appetit!

Die beiden Aerzte machen stumme Bücklinge und gehen ab.

Achter Auftritt.

Frau von Hahn. Büttler und von Samberg.

v. Samberg. Und Sie, gnädige Frau? Wie gehts? — Sie sehn, daß ich alles mögliche thue, um mich bey Ihnen in Gunst zu sezen!

Frau v. H. *äußerst aufgebracht.* Das seh ich!

aber mir scheint's, als ob Sie den Weg verfehlten!

v. Samberg. Ich gehe den geraden Weg der Vernunft, und sollte der nicht geradezu zum Herzen einer liebenswürdigen verständigen Frau führen?

Frau v. H. vor sich. Impertinent! Er sagt seine Sottisen alle so, daß man ihm schlechterdings nichts darauf antworten kann!

Buttler giebt ihm die Hand. Topp Herr Schwager! Wenn Sie sie nicht zur Vernunft bringen, so zweifl' ich, daß sie jemals dazu kömmt.

Frau v. H. Zur Vernunft! Man höre doch! Wie man mich mishandelt! — Ach, ich bin so krank und schwach, daß ich nicht aufstehn kann, sonst —

v. Samberg. Nun, und was denn sonst? — so schwach! O Sie können gewiß aufstehn! Ich geb' Ihnen mein Wort: Versuchen's doch Ihre Gnaden einmal. Er zieht sie in die Höhe, sie springt auf ihn zu und er weicht zurück. Ha ha! sagt' ichs nicht?

Frau v. H. außer sich für Zorn Ungeheuer! Bin ich so tief gesunken, daß Sie Ihr Gespött mit mir treiben?

v. Samberg. Ums Himmelswillen, gnädige Frau, sezen Sie sich! Sie sind ja so schwach! *Sezt sie mit Gewalt wieder in den Lehnstuhl.*

Frau v. H. Nein das ist nicht auszuhalten!

v. Samberg. Aergern Sie sich nicht, liebes Weibchen! — Sehn Sie, jezt sind Sie böse auf mich, aber ich versichere Sie, es wird eine Zeit kommen, wo Sie mir alles das, was ich jezt thue, Dank wissen werden. Ich werde Sie jezt verlassen, aber vorher will ich doch diese Medizin da fortschaffen. Es möchte Ihnen doch wohl unter meiner Abwesenheit die Lust ankommen wieder einzunehmen. *Er packt die übrigen Gläser und Schachteln zusammen.*

Frau v. H. Was für eine Behandlung! — Wer giebt Ihnen das Recht —

v. Samberg *immer noch mit Zusammenpacken beschäftigt.* Wer mir das Recht giebt? Bin ich nicht mit Ihnen versprochen? Werden Sie nicht in einigen Tagen meine Frau? Und muß ich also nicht für Ihre Gesundheit sorgen? — Anton! — *Anton erscheint.* Da, nehmt den ganzen Plunder zusammen, und schaft es aus dem Hause! Hört Ihr? Den Augenblick! Und daß kein Tro-

pfen Arzney, kein Körnchen Pulver ohne mein
Vorwissen geholt wird! Wer sich von Euch das
untersteht, muß stehendes Fusses aus dem Hause!

Anton ab.

Frau v. H. Das geht zu weit! Mich sogar
vor meinen Bedienten zu prostituiren!

v. Samberg. Nein, Liebe, Sie verstehen
mich falsch! Ich will Ihr Ansehn unter Ihren
Bedienten wieder herstellen. Glauben Sie denn
nicht, daß solche Leute die Schwachheiten ihrer
Herrschaften auch einsehen? Daß sie sich über Ihre Arzneywuth herzlich lustig machen? Und ich
möchte um alles in der Welt willen nicht,
daß meine künftige Gattin das Gespötte ihres
Gesindes wär! — Und dann, Liebe, bitte ich
mir zur Gefälligkeit von Ihnen aus, daß Sie
keinem von den beiden Charletans wieder gestatten
einen Fuß über Ihre Schwelle zu sezen. Es
giebt würdige geschickte Aerzte hier —

Frau v. H. Ich werde holen lassen, wen mir
gefällig ist —

v. Samberg. Das verbitt' ich mir! Wenn
Ihnen etwas zustossen sollte, so überlassen Sie
mir die Sorge, einen Arzt für Sie zu wählen.

Ihre Gesundheit ist mir zu schäzbar, als daß ich sie jedem Laffen mit dem Doktorhuthe preiß geben sollte. Ich will eine gesunde muntre Frau haben, mit der ich mein Leben vergnügt und ruhig zubringen kann — oder glauben Sie, daß ich Sie blos um Ihres Geldes willen heurathe? *Indem er ihr die Hand küßt.* In der That, da müßten Sie Ihren wahren Werth sehr wenig kennen! — Ich will Ihnen Zeit lassen, dem nachzüdenken, was ich da gesagt und gethan habe: Und wenn Sie nach reiflicher Ueberlegung nicht finden, daß es vernünftig war, so müßte ich mich in der guten Idee, die ich mir von Ihrem Verstande mache, sehr irren! *Geht ab.*

Büttler. Ein braver Junge, mein Seel! wird ein excellenter Ehmann werden! *Ab.*

Neunter Auftritt.

Frau von Hahn und Hannchen.

Frau v. H. Nun Hannchen? Was sagst du davon?

Hannchen. Ich sagt — wenn mir's Ihre

E 4

Gnaden, nicht übel nehmen wollen, — daß der
Herr von Samberg Recht hat! — Aber Ihro
Gnaden müssen meine Offenherzigkeit ja nicht un-
gnädig nehmen!

Frau v. H. Hm! — er hätte Recht, sagst
du?

Hannchen. Ja, Ihro Gnaden! Mir schämt's
so — Wenigstens will ich doch Leib und Leben
darauf verwetten, daß er's herzlich gut mit Ihro
Gnaden meynt.

Frau v. H. Mir kommt's auch so vor —
Aber er sollte nur nicht so ungestüm seyn!

Hannchen. Ja, das ist nun nicht anders!
Die Männer haben sich nun einmal das Recht zu
herrschen angemaßt — O ich habe welche gekannt, die es noch viel toller machten! Und so
gar sehr dürfen sich Euer Gnaden über den Herrn
von Samberg nicht beschweren: wenn ihm auch
manchmal ein harter Ausdruck entfährt, so sagt
er Ihnen doch gleich drauf wieder etwas ange-
nehmes —

Frau v. H. Ja, die Kunst die Pillen zu ver-
golden versteht er meisterhaft. Und das ist mir
eben fatal: Ich kann nie so recht böse auf ihn werden, wenn ich auch gleich will!

Zehnter Auftritt.

Vorige und Buttler.

Buttler. Was ist das nun wieder, Frau Schwester? Da kommt ein Kerl zu mir, auf die Schreibstube, und verlangt funfzehn Dukaten von mir für einen Affen, den er Ihnen gestern gebracht hätte!

Frau v. H. Ich ja, schon recht, Herr Bruder! Bezahlen! Bezahlen Sie sie nur!

Buttler. Wieder funfzehn Dukaten so weggeworfen!

Frau v. H. Herr Bruder! — Es geht von dem Meinigen! — Und das Geld ist nicht weggeworfen! Wenn Sie sollten sehen, was mit das Thier für Spaas macht. — Aber Ihr Geschäftsseelen habt für solche Dinge keinen Sinn!

Buttler. Nun meinetwegen! — Aber wo haben Sie ihn denn?

Hannchen. Ich habe ihn eben in der gnädigen Frau ihr Schlafzimmer gesperrt.

Buttler. So? — Der Aff — Ha! müßte

E 5

sich Samberg nicht über seinen würdigen Repräsentanten freuen, wenn er das wüßte!

Frau v. H. O wahrhaftig, Herr Bruder, Sie müssen ihn sehen. So ein niedliches, possirliches Thier! Ich versichere Sie, wenn er eine Bergerte und Locken hätte, wenn er den Schnupftobak, den er in das Maul steckt, in die Nase pfropfte, und sprechen könnte, so müßte er's mit den ersten Stutzern der Stadt aufnehmen können.

Buttler. Nun was den letzten Punkt, die Sprache betrift, so kann er's meines Erachtens schon mit allen Stutzern aufnehmen, denn gemeiniglich verderben diese Herrn alles, sobald sie den Mund aufthun.

Frau v. H. Und man sieht's ihm gleich an, daß er ein geborner Indianer ist, so rasch und wild ist er.

Hännchen. Um Vergebung, gnädige Frau, er ist sehr zahm. Ich hab' ihn gestern den ganzen Abend hier im Zimmer herum laufen lassen, und er hat nicht den geringsten Unfug angerichtet.

Frau v. H. Wie? keinen Unfug angerichtet? Es mag ihn der Kerl wieder nehmen! Was soll ich mit einem Affen, der mir nicht wenigstens die

Woche zweymal für etliche Dukaten Porzellain zerbricht, oder etwas an den Meublen verdirbt? Das ist ja die Seele vom Spiele!

Anton. Der Kaufmann Löwe läßt sich Eure Gnaden unterthänig empfehlen, und ob Eure Gnaden diese Garnitur Brüsseler Spitzen behalten wollten, die er eben bekommen hätte.

Frau v. H. Sind die Spitzen verboten, Herr Bruder?

Buttler. Nein, das nicht, aber ein starker Zoll liegt darauf.

Frau v. H. So mag ich sie nicht! Meine Empfehlung! — Was soll ich tragen, was jede Bürgersfrau haben kann?

Anton. Auch Thee läßt er Ihro Gnaden anbiethen.

Frau v. H. Das wird wohl solches Zeug seyn, wie lezthin, den man nicht trinken kann?

Anton. Das weiß ich nicht. Hier hat er mir den Zettel mit gegeben.

Frau v. H. liest. »Veritable Kappakawawa, das Pfund sechs Dukaten.« — hm, der Name verspricht etwas! Ich werde etliche Pfund behalten. — Herr Bruder; Sie werden so gut seyn, und das Geld dafür bezahlen!

Butler. Recht gern! — *Vor sich.* Es geht
von den ihrigen! hm hm! *Ab mit Anton.*

*Frau von Hahn geht mit Hänschen in ein
Seitenzimmer ab.*

Eilfter Auftritt.

Zimmer wie im ersten Akt.

Charlotte und Friederike.

Friederike *sieht nach der Uhr.* Gleich vier
Uhr! Nun sind unsre Zweifel bald entschieden,
Lottchen!

Charlotte. Meinetwegen! Ich kann es er-
warten!

Friederike. Ach stell dich doch nicht so! Ich
weiß doch, daß dir am Ende eben so viel daran
liegt, als mir!

Charlotte. Nein, ganz gewiß nicht! Wenigstens nicht aus denselben Absichten, darauf geb'
ich dir mein Wort!

Friederike. Nicht aus denselben Absichten!
Was willst du denn damit sagen?

Charlotte. Je nun; auf der Einen Seite

... Liebe! — Sie macht eine Verneigung. Ich
nenne niemanden! Und auf der Andern — fie
sagt gut fo nichts, als höchstens — weibliche —
Neugierde!

Friedericke. Thust du doch fo unschuldig, als
wenn du kein Wasser trübtest!

Friedericke. Mein Frizchen, es ist mein völ-
liger Ernst! Ich habe der Sache reiflich nachge-
dacht und gefunden, daß ich unverantwortliches
Unrecht thät, wenn ich den Major Lohwerth dem
braven Hellfort vorzöge. Das hat Hellfort ganz
gewiß nicht um mich verdient. Man braucht nur
zwey gesunde Augen zu haben, um zu sehn, daß
der Major ein Flattergeist, ein Sausewind,
ein —

Friedericke. Höre, wenn dein Major und
mein Park, wie du vermuthest, eine und dieselbe Person sind, so bitt' ich mit mehrerm Respekt
von ihm zu reden!

Charlotte. Möchten sie doch auch zwey
Personen seyn, ich würde eben nicht anders von
ihm sprechen! — Ich gesteh's, der Major hat
mir gefallen, aber der Geschmack, den ich an ihm
fand, war nur flüchtig: Bis in mein Herz drang

er nicht. — Friederike lächelt. Kurz, du magst nun lachen oder lächeln, ich gebe dir mein Wort, daß ich meinem Hellfort treu bleiben will, und daß ich dem Major, und sollte er sich gleich diesem Augenblick in seiner wahren Gestalt zeigen, gewiß so begegnen werde, wie er's verdient.

Friederike. Nun, viel Glück zur Bekehrung! Aber Lottchen, Lottchen, versprich nicht zu viel! Nimm dich in Acht! *Tändelnd.* Wenn der Major jezt mit den ganzen Reizen eines kriegerischen Adonis — *Karl von Frankstein tritt in Uniform herein. Friederike tritt erschrocken zurück. Charlotte sieht sie lächelnd an, bleibt aber ganz ruhig stehen.*

Zwölfter Auftritt.

Vorige. Karl von Frankstein unter dem Namen Major von Lohwerth.

Karl v. Fr. *zurückrufend.* He! Der Kutscher braucht nicht eher, als nach Mitternacht wieder zu kommen! — *Er geht auf Charlotten los.* Sie sehen, mein gnädiges Fräulein, was dabey heraus kommt, wenn man sich mit solchen unverschämten Burschen einläßt, wie ich bin.

Wenn man uns einen Finger erlaubt, nehmen wir sogleich die ganze Hand! — Wissen Sie auch, daß ich entschlossen bin, den ganzen Nachmittag und auch noch den Abend dazu hier zuzubringen?

Charlotte. Ich zweifle, Major, daß Sie Ihre Rechnung sehr dabey finden würden: Sie sehen, wir sind zwey Frauenzimmer! Und wenn es jeder von uns — wie denn das bey Ihren Reizen sehr leicht der Fall seyn könnte — — etwa einfallen sollte, Sie allein zu besitzen, so würde es natürlicherweise nichts als Zank und Streit unter uns setzen. Also lieber Major, gehn Sie ja sobald als möglich wieder hin wo Sie hergekommen sind!

Karl v. Fr. Ey, das werd' ich wohl bleiben lassen! Nein, so wohlfeil laß' ich Sie nicht durch. — Sie zwey, ich drey: Wahrhaftig die niedlichste l'Hembrepartie, die jemals existirt hat, seit die Welt steht. — He Bedienten! Karten! Karten! geschwind Karten!

Charlotte. Meinetwegen! ich bin es zufrieden, wenn meine Cousine Lust hat. Sie dreht Friedericken, die etwas abgewandt stand, nach Franken hin zu.

Karl v. Fr. Wie gnädiges —
— Ist das Ihre Cousine? — O, ich bitte
alles in der Welt, stellen Sie mich ihr vor! —

Charlotte giebt sich Mühe das Lachen zurückzuhalten
Liebes Frizchen! das ist der Herr Major von
Werth aus Ungarn. Sie nennt den Namen mit Nach
druck. Vor sich. Das arme Ding fängt nun an
mich zu dauern.

Karl v. Fr. zu Friedericken. Ich bitte um Ver
zeihung, mein gnädiges Fräulein, daß ich Sie
aus dem tiefen Nachdenken störte, worin Sie
versenkt zu seyn schienen! Aber die Begierde, Ih
re Bekanntschaft zu machen —

Friederike. Sie haben gar nicht Ursache um
Verzeihung zu bitten! Ich gewinne ja dabey!
Vor sich. Und sollt' es nur das seyn, daß ich deine
ganze Unverschämtheit kennen lerne —

Karl v. Fr. O, Eure Gnaden unterthänigster
Diener! — Er macht ein Kompliment, tritt zurück und
legt sich die Locken zurecht.

Charlotte heimlich. Nun? Wie gefällt dir
das?

Friedericke. O, unbeschreiblich! — Ich kann
kaum für Erstaunen zu mir kommen!

Charlotte *lächelnd.* Und auch für Aergerniß wohl? Nicht wahr?

Karl v. Fr. *springt auf Charlotten zu.* Aber jezt seh ich erst! — Himmel verzeih mir! — Sie sind ja heute ganz allerliebst! Wahrhaftig, eine wahre Venus Anadyomene!

Charlotte *höhnisch.* Finden Sie das wirklich?

Karl v. Fr. Auf meine Ehre! Bezaubernd! Auf mein Wort Kind, Sie müssen nicht heuráthen! Der Hochzeittag ist das Leichenbegängniß der Schönheit; nichts anders! Ehe ist der Tod der Liebe, und Heurathen heißt an Gott Amor eine Felonie begehn!

Charlotte. Nun? Und was wollen Sie denn das ich thun soll?

Karl v. Fr. Lebenslang die Göttin bleiben, der alle Sterbliche huldigen: Lebenslang frey und ungebunden lieben: Alles um sich her bezaubern — Mit Einem Wort: Lebenslang sich anbethen lassen!

Charlotte. Das heißt mit andern Wörtern: Lebenslang Affen leiten! *Frankstein macht ihr eine Verbeugung, und fängt an zu trällern.* Eine schöne Bestimmung, die Sie mir da anweisen!

F

Karl v. Fr. Also Kind, Sie wollen wirklich
heurathen? Von Herzen gern! Ich bin zu Diensten! — Aber sagen Sie mir — er setzt sie auf
der Hand Cythere und alle Göttinnen! Was das
für eine Hand ist! Wahrhaftig sie macht einem
das Wort im Munde ersterben!

Charlotte. Sie sollte Sie wirklich aus Ihrer Fassung bringen? Das wäre in der That viel,
denn in der Unverschämtheit —

Karl v. Fr. Oh, fi donc! das Wort
»Unverschämtheit« ist jetzt nicht mehr Mode:
Man nennt das jetzt guten Ton. — Aber
was ich sagen wollte — Ja — Sagen Sie
mir einmal auf Ihr Gewissen Kind, wie lange soll ich noch als Volontär unter Ihrer Fahne
dienen?

Charlotte. Das kann ich Ihnen so geradezu nicht beantworten. Sollten Sie aber, wie
ich vermuthe, Ihres Dienstes nach gerade über-
drüßig werden, so dürfen Sie nur um Ihre Di-
mission geziemend ansuchen. — Oder wissen Sie
was; Sie können auch ohne dieß abgehen: Ich
werde Sie gewiß nicht reklamiren.

Karl v. Fr. Kleiner leichtfertiger grausamer
Tyrann!

Charlotte. Aber lassen Sie mir doch die Hand los! — Mich dünkt wir haben eben nicht die schicklichste Art gewählt, meine Cousine zu unterhalten.

Karl v. St. Ah, ich bitte recht sehr um Verzeihung! — Er macht Friederiken eine Verbeugung. Aber das gnädige Fräulein wird vielleicht aus eigner Erfahrung wissen, daß sich Verliebte immer tausenderley Dinge zu sagen haben, die einen Dritten freylich nicht sehr unterhalten. — Aber meine Damen, ich dachte, wir hätten spielen wollen?

Charlotte. Hast du Lust, Cousinchen?

Friederike. O wahrhaftig — für jetzt muß ich um Verzeihung bitten! — Ich bin eben nicht sehr zum Spielen aufgelegt.

Charlotte. Was ist dir? — Ich glaube du bist nicht wohl?

Friederike. Nicht so ganz! — Mein Herr, wollen Sie mir wohl eine Frage erlauben?

Karl v. St. vor sich. Aha, da kommts! — laut. Hundert, wenn Sie wollen! Ich bin zu Euer Gnaden Befehl!

F 2

Friedericke. Sehn Sie mich wirklich jezt zum
erstenmale in Ihrem Leben?

Karl v. Fr. Auf mein Wort, ich kann mich
nicht erinnern, daß ich jemals vorher diese Ehre
gehabt hätte!

Charlotte. Besinnen Sie sich wohl, Major!
Betrachten Sie meine Cousine genau.

Karl v. Fr. geht mit komischen kalt und sie herum, und besieht sie vom Kopf bis zum Fuß. Ich versichere Sie, daß mir das Fräulein noch nie vor
die Augen gekommen ist!

Friedericke. Gut! Nun weiß ich, was ich
wissen wollte! Sie sucht ihre Thränen zu verbergen.

Karl v. Fr. Aber mein schönes Fräulein, ich
denke, jezt werden Sie mir doch auch eine Frage
erlauben! — Wie kommen Sie darauf, mir diese Frage zu thun?

Friedericke in äußerster Verwirrung. Das —
weiß ich selbst nicht! — und es kann Sie auch
nicht weiter interessiren.

Karl v. Fr. vor sich. Bravo Frankstein, das
geht gut! O ich nähm keine Welt dafür, daß ich
diese Unruhe nicht gesehn hätte!

Charlotte heimlich zu Friedericken. Nun bist du

doch überzeugt, daß ich Recht habe? Daß er und
Pein, Herr von Park eine und dieselbe Person ist?

Friedericke. Ach, ich weiß selbst nicht was
ich überzeugt bin! — Habe Mitleiden mit mir
liebes Lottchen!

Charlotte. Du dauerst mich im ganzen Ernste; und jezt sollst du sehn, daß ich deine Freundin bin!

Carl v. Fr. vor sich. Ein Kriegsrath! Das
däuchte den Teufel nicht. — Laut. Wär's Ihnen
nicht gefällig meine Damen, die Unterredung
ein wenig allgemeiner zu machen?

Charlotte. O ja mein Herr, recht gern!
und es sind nur wenige Worte, die wir Ihnen zu
sagen haben: Wir haben uns Ihre Unverschämtheit nun lange genug gefallen lassen: Glauben
Sie aber nicht, daß es Ihnen gelungen ist, uns
zu hintergehn. Wir wissen jezt vollkommen, was
wir von Ihnen zu gewarten haben, und bitten
Sie daher, dieses Zimmer unverzüglich zu verlassen, und uns Beide für die Zukunft mit Ihren Besuchen zu verschonen. — Sie werden
diese Bitte hoffentlich nicht sogar neu finden.
Mich dünkt, ich habe sie schon heute ein-

mal unter ähnlichen Umständen an Sie gethan.

Karl v. Fr. Rathe, rathe, was ist das? — Bey allem was schön und liebenswürdig ist, ich kann es nicht errathen! — Aber sagen Sie mir im Ernst, meine räzelhafte unbegreifliche Dame, wollen Sie meinen Scharfsinn auf die Probe stellen? — Ich bitte Sie, reden Sie deutlicher: Und wenn ich Ihnen dann nicht eine ausführliche, passende und ehrliche Antwort gebe, so soll mich der schadenfrohste der erzürnten Liebesgötter, die jezt auf Ihren Rosenlippen schweben, auf ewig aus dem Register Ihrer Anbeter herauskrazen! — Der Teufel! das war ein schöner Einfall! Finden Sie nicht? —

Friedericke. Nun so viel Unverschämtheit übersteigt alle Begriffe! — Lottchen, wir wollen unverzüglich zum Herrn von Park schicken, und wenn er nicht sogleich erscheint, so liegt die Betrügerey am Tage!

Karl v. Fr. Herr von Park? Ich kenne keinen Herrn von Park! — von Perk — von Park — Nein mein Seel nicht!

Ein Bedienter zu Friedericken. Gnädiges Fräu-

lein, da iſt ein Bedienter, der die Ehre haben
will, Sie zu ſprechen; er ſagt er wär beym Herrn
von Park.

Friederike. Wie? — Laßt ihn nur herein-
kommen. — Was heißt das Lottchen?

Karl v. Fr. vor ſich. Das wird ſich bald aus-
weiſen!

Dreyzehnter Auftritt.

Vorige und Finder.

Friederike. Komm Er näher, mein Freund.
— Er iſt bey dem Herrn von Park in Dienſten?

Finder. Euer Gnaden unterthänigſt aufzuwarten: Mein Herr läßt ſich Euer Gnaden empfehlen, und läßt recht ſehr um Verzeihung bitten, daß er Euer Gnaden Befehl nicht ſo pünktlich Folge leiſten könnte, als er, ohne den äußerſt
ſonderbaren Zufall, der ihm alleweile begegnet iſt,
ganz gewiß gethan haben würde.

Friederike. Was iſt das für ein Zufall?

Finder. Erſchrecken Euer Gnaden nur nicht:
Er iſt im Arreſt.

F 4

Friederike und Charlotte Miller. Der Arrest!

Finder. Ja, aber er wird es nicht lange seyn. Er war eben im Begriff aus seinem Zimmer zu treten, um Euer Gnaden aufzuwarten, als ein Offizier kam, und ihm auf Befehl des Gouverneurs Hausarrest ankündigte. Mein Herr mochte dagegen einwenden, was er wollte, es half nichts: Er mußte sich bequemen auf seinem Zimmer zu bleiben. Es ist eben ein guter Freund meines Herrn zum Herrn Gouverneur gegangen, um die Sache auszugleichen, denn im Grunde ists ein bloßer Irrthum des Offiziers, den sich aber dieser schlechterdings nicht ausreden läßt. Er sollte eigentlich einen Andern arretiren, dem mein Herr vermuthlich sehr gleich sehn muß. Es ist glaub' ich ein gewisser Major Lohwerth —

Karl v Fr. tritt auf Findern zu Major Lohwerth? Bist du toll Kerl?

Finder. Ach um's Himmelswillen! Ist mein Herr doppelt, oder ist das ein Geist, der seine Gestalt angenommen hat?

Friederike. Sieht der Herr Major wirklich seinem Herrn so ähnlich, mein Freund?

Finder. Wie Ein Tropfen Wasser dem Andern! Ich versichere Ihnen, ich würde mich selbst irren, wenn der Herr da nicht die Uniform anhätte. — Und doch scheint mir's als hätte mein Herr eine etwas größere Nase.

Karl v. Fr. zu Charlotten. Nun meine kleine Grausame, werden Sie noch von Unverschämtheit und hintergehn schwazen? Jezt denk' ich ist das Räthsel aufgelößt! — Also wird dein Herr bald hier seyn?

Finder. Sobald der Herr Gouverneur den Irrthum erfahren wird. Vermuthlich ist er schon auf dem Wege.

Karl v. Fr. Nun, so bin ich doch wirklich neugierig mein Ebenbild zu sehn! — Aber zum Teufel, mich arretiren? Weswegen denn?

Vierzehnter Auftritt.

Vorige. Ein Offizier, mit einem Unteroffizier.

Der Offizier. Ah jezt denke ich, werde ich recht seyn. — Meine Damen, ich bitte um Verzeihung — Herr Major; ich habe Ordre Sie im

Namen des Gouverneurs zu arretiren. Ich bitte um Ihren Degen —

Karl v. Fr. Darf ich die Ursache wissen, Herr Adjutant?

Der Offizier. Sie haben diesen Morgen auf dem Kaffeehause Händel gehabt, und es ist angezeigt worden, daß eine Ausforderung geschehen sey —

Karl v. Fr. Daß ich Händel gehabt habe, ist wahr: Ich wischte einem übermüthigen Bürschgen die Nase ein wenig, aber von der Ausforderung weiß ich kein Wort.

Der Offizier. Die Untersuchung dieses Handels ist nicht meine Sache; ich muß meine Ordre befolgen. Wenn es Ihnen indessen gefällig ist, so kann ich Sie sogleich zum Herrn Gouverneur führen, wo es Ihnen ein leichtes seyn wird, sich gegen die Anzeige zu rechtfertigen. — Darf ich bitten?

Karl v. Fr. Meine Damen, Sie werden mich entschuldigen, aber sie sehen, ich muß Sie verlassen. Ich werde aber in kurzem wieder die Ehre habe Ihnen aufzuwarten. — Zum Offizier. Ich bin zu Ihren Diensten! — Er geht mit dem Offizier, Unteroffizier, und Findern ab.

Funfzehnter Auftritt.

Charlotte und Friederike.

Friederike. Das iſt doch wahrhaftig der ſonderbarſte Zufall von der Welt, Lottchen! — Aber du ſcheinſt ja über das Schickſal deines armen Majors gar nicht ein bisgen unruhig?

Charlotte. Ueber das Schickſal meines Majors! — Hab' ich dir denn nicht geſagt, daß ich gar keinen Theil mehr an ihm nehme? Daß ich mich gar nicht mehr um ihn bekümmere? Mag man ihn doch arretiren, mag man doch mit ihm machen, was man will; was geht es mich an? — Aber bey alledem iſt der Fall äußerſt ſonderbar: ſo ſonderbar, daß ich feſt entſchloſſen bin, nichts von allem zu glauben!

Friederike. Noch nicht? Nun das heiß ich Unglauben!

Charlotte. Nicht eher wenigſtens, als bis ich dieſen Major und deinen Herrn von Park neben einander ſtehn ſehe. — Uebrigens verſichre ich dir als ein ehrliches deutſches Mädchen, der

ganze Antheil, den ich noch an der Geschichte
nehme, ist blos um deinetwillen.

Friederike *lächelnd.* Was du für ein groß-
müthiges Mädchen bist! — Bey alledem wollte
ich doch, daß dein glücklicher Hellfort gleich jezt
hier wär, damit er sich die vortheilhafte Stim-
mung deines Herzens auf der Stelle zu nutz machen könnte!

Charlotte. Warum? traust du mir so wenig
Standhaftigkeit zu?

Friederike. O ja, so viel du willst! Aber
doch nur die Standhaftigkeit eines Mädchens!
Wie weit die geht, weiß ich, denn ich bin selbst
ein Mädchen! und heut zu Tage, liebes Lottchen, geschehen keine Wunder mehr! — Und,
wenn ich dir's aufrichtig sagen darf, so kommt
mir deine schnelle Bekehrung etwas verdächtig
vor. Sie hat so etwas ähnliches von einem de-
pit amoureux!

Sechszehnter Auftritt.

Vorige. Karl von Frankstein, als Herr von Park, in Civilkleidung.

Karl v. Fr. *zu Friederike.* Ich war in Verzweiflung, mein gnädiges Fräulein, daß ich Ihrem gütigen Befehle nicht eher Folge leisten konnte. Sie wissen den verdrüßlichen Vorfall, der mich daran hinderte: Indessen bin ich doch diesem Vorfall vielleicht Dank schuldig, weil er mich nothwendig wegen eines gewissen Verdachts rechtfertigen muß, den diese Dame hier heute gegen mich zu hegen schien. *Zu Charlotten.* Ich hoffe doch, mein gnädiges Fräulein, Sie werden den unschuldigen Park jetzt nicht mehr für die Insolenzen eines gewissen Major Lohwerth zur Rechenschaft ziehn?

Charlotte *lächelnd.* O ganz und gar nicht! Ich finde, der Herr Major von Lohwerth kann sich recht gut selbst vertheidigen! Ha ha ha! — Aber bey einem so zärtlichen Tete a Tete ist die dritte Person überflüßig! ha ha ha! — *Herbland*

zu Friederiken. Cousinchen, sieh dich vor! Wenn
das nicht eine Maskerade ist, so — nenne mich
wie du willst!

Ab.

Siebenzehnter Auftritt.

Friedericke und Karl von Frankstein.

Karl v. Fr. Ich bin wohl recht unglücklich,
mein anbetungswürdiges Fräulein, daß nichts auf
der Welt im Stande ist, Sie und Ihre Freundin von einem Verdachte abzubringen, der —

Friedericke. Sehr wahrscheinlich ist! das
müssen Sie doch wenigstens eingestehn?

Karl v. Fr. Ja, das wohl. — Schnell ein-
haltend. Doch ich bin von allen Thatsachen nicht
so genau unterrichtet! — Indessen, sagen Sie
selbst, was soll ich thun, um ihn zu vernichten?
Könnten Sie in mein Herz sehn —

Friedericke. Wenn ich Ihnen trauen dürfte!
Sieht sieht ihn starr an.

Karl v. Fr. Versuchen Sie es meine Theuer-
ste, und ich schwöre Ihnen bey allem was heilig
ist, der Versuch soll Sie nicht gereuen. — Was

quälen Sie sich selbst mit unnöthigen Zweifeln?
— Lassen Sie uns diese schäzbare Zeit nicht so
unnütz verderben.

Friedericke. In der That, jemehr ich Sie
ansehe, je mehr finde ich Gründe, meine Zweifel zu bekämpfen. Gewisse unverkennbare Züge
von Ehre und Rechtschaffenheit in Ihrem Gesicht
lassen mich vermuthen, daß wir Ihnen doch wohl
könnten Unrecht gethan haben.

Karl v. Fr. Finden Sie das? Wahrhaftig,
das ist das erstemal in meinem Leben, daß ich
mit meinem Gesicht zufrieden bin! Bleiben Sie
bey dieser Vermuthung, die für mich von so glücklicher Vorbedeutung ist! Das Gesicht ist immer
der Spiegel der Seele! — Sagen Sie mir, bin
ich Ihnen nicht ganz gleichgültig?

Friedericke verlegen. In Wahrheit, diese
Frage —

Karl v. Fr. O, von der Beantwortung dieser Frage hängt das ganze Glück oder Unglück
meines Lebens ab! Nun? bin ich Ihnen nicht
ganz gleichgültig?

Friedericke welche ihn mit Empfindung angesehen
hat. Schalkhaft. Verstehn Sie sich im Ernst nicht
auf die Augensprache?

Karl v. Sr, küßt ihr mit Entzücken die Hand.
O ich verstehe Sie! aber ich war nur nicht ver-
wegen genug, zu entscheiden, ob ich recht ver-
stund! — Tausend Dank für diese Antwort! —
Sie haben einen ganz andern Menschen aus mir
gemacht! Vorher war ich, ich muß es Ihnen
nur gestehn, ein Flattergeist, ein Unbeständiger:
Treue und Liebe war mir langweilig, ermüdend!
Keine Schöne konnte mich fesseln — Aber jezt,
o von dem Augenblicke, da ich Sie das erstemal
sah, fühlte ich mich auf ewig gebunden, fühlte
ich Muth und Kräfte in mir, für einen einzigen
Blick dieser Augen Jahre lang zu schmachten —

Friedericke. So? Und das Wunder hätte
ich gethan? — Aber wie, wenn ein Rückfall —

Karl v. Sr. Wie mein Fräulein? Kennen
Sie Ihren Werth so wenig? Nein! Wenn man
Sie liebt, hat man keinen Rückfall zu befürchten.

Achtzehnter Auftritt.

Vorige und Hannchen.

Hannchen. Gnädiges Fräulein, Ihr Herr
Vater läßt Sie bitten —

Friedericke.   Wie? ist mein Vater in der
Stadt?

Hännchen.   Ja, er hält unten vor dem
Hause im Wagen.   Er wollte nicht erst aussteigen, weil er sich, glaub' ich erst umkleiden will.
Er erwartet Sie unverzüglich. Ab.

Friedericke. Gleich — Zu Karl von Frankstein.
Ich muß Sie verlassen.   Sie sollen sobald als
möglich wieder von mir hören!

Sie eilt fort.

Neunzehnter, Auftritt.

Karl von Frankstein. Von Hellfort, der indem
zu einer andern Thüre herein tritt.

Karl v. Fr. O, für dießmal kommst du zu
spät! — Sie ist mein, Junge! Mit Leib und
Seele mein!

v. Hellfort. Wer?

Karl v. Fr. Das göttlichste allerliebste Geschöpf —

v. Hellfort. Aber der Name, Herr, der
Name!

47

Karl v. Fr. Der Name! Wie du wunder-
lich fragen kannst! Da hab' ich auch Zeit gehabt,
mich nach einer solchen Kleinigkeit, als ihr Name
ist, zu erkundigen!

v. Hellfort. Also deine Unbekannte?

Karl v. Fr. Nun ja doch! — Aber wie
kommst du mir denn vor?

v. Hellfort. Gut! weiter wollt' ich nichts wissen!
Will gehen.

Karl v. Fr. »Gut! weiter wollt' ich nichts
wissen!« — Sag mir, ob du toll bist? Du
sprichst in einem so hastigen diktatorischen Ton, und
machst so ein Bürgermeistergesicht dazu!

v. Hellfort. Weil ich denn einmal so viel
gefragt habe, so will ich doch auch noch das Einzige
fragen: Wie bist du mit der Andern abgekommen?

Karl v. Fr. Mit der Andern? — Ach,
mit Charlotten meynst du?

v Hellfort. Nun ja doch! Mit Charlotten!

Karl v. Fr. Bliz noch einmal! Jezt geht mir
ein Licht auf! Ich hörte lezthin einen Vogel pfei-
fen, daß du hier herum etwas Liebes hättest:
Es ist doch nicht etwa diese Charlotte? — He?
— Ha ha ha! Das wär komisch, bey meiner
Ehre!

v. Hellfort. Nicht so komisch als Sie glauben, mein Herr von Frankstein!

Karl v. Fr. Zum todtlachen komisch, auf
mein Wort! — Aber höre Junge, in allem
Ernste, warum hast du mir das nicht eher gesagt?
Sieh nur, wenn ein guter Freund dem Andern
ins Gehäge geht, das ist ja dumm! Wenn ich
das gewußt hätte, so wär's auf Ehre nicht so
gekommen!

v. Hellfort. Und wie weit ist's denn gekommen, wenn man fragen darf?

Karl v. Fr. Ach gar nicht weit! Es ist nicht
werth, daß man davon spricht! Aber es hätte
können dumm werden! Siehst du, das kommt
bey dem Duckmäusern heraus! Da haltet Ihr
verschwiegnen philosophischen Liebhaber mit den
Angelegenheiten eures Herzens immer und ewig
hinter dem Berge, und zieht hernach bärbeisse
Gesichter, wenn ein rascher Bursche eine kleine
Streiferey in euer Revier macht! — Wer Henker kann's denn den Mädchens an der Nase ansehn, ob sie engagirt sind? Macht's hübsch wie
Frankstein: »Herr, auf das Mädchen spekulier'
ich,« und damit Holla! Der soll hernach schön

ankommen, der sich untersteht, Jagd darauf zu machen.

v. Hellfort. Also, weil du es doch einmal weißt, so laß mich mein Schicksal vollends ganz wissen. Wie weit bist du mit Charlotten gekommen?

Karl v. Fr. Wie ich dir gesagt habe, Brüderchen, nicht eben weit. Es war meist nur Scherz, bloßer Scherz! Meine kleine unbedeutende Figur mochte ihr wohl im Anfange etwas aufgefallen seyn: Mein muntrer Ton und mein einnehmendes Betragen — ohne Eitelkeit gesagt — hatte ihren Geschmack an mir noch mehr befestigt, und dann — du weißt ja wohl, wie das geht — und dann gab so ein Wort das andre — aber lauter Spas! Auf Kavalierparole! Du kannst leicht denken; sie hat mir heute auf eben dieser Stelle zweymal sollenniter die Thür gewiesen!

v. Hellfort. Auch im Spas?

Karl v. Fr. Nein beym Teufel, das war Ernst! bittrer Ernst! — Also wenn du dem Mädchen sonst gut bist —

v. Hellfort. Ich liebe sie wie meine Seele!

Karl v. Fr. Nun so sey kein Narr, und laß dich davon abschrecken! Komm, wir wollen Eins drauf trinken, daß sich die Eifersucht legt. Ich hab's nicht gern gethan, Brüderchen! So eine kleine Diversion muß ein Liebhaber nicht so genau nehmen! Ja, wenn's nach der Hochzeit geschieht, dann ist's etwas Andres! Und doch kenne ich Ehemänner, die sich wohl noch viel mehr müssen gefallen lassen!

Gehen Beide ab.

Dritter Akt

Die Scene bleibt.

Erster Auftritt.

Charlotte und von Hellfort.

v. Hellfort. Sie haben befohlen, gnädiges
Fräulein —

Charlotte. Nicht befohlen, lieber Hellfort!
Unter uns klingt diese Sprache zu fremd! Bitten
habe ich Sie lassen. — Ich habe Ihnen ein Be-
kenntniß abzulegen —

v. Hellfort. Mir, gnädiges Fräulein? —
Das klingt ja, als ob ich ein Recht hätte, Be-
kenntnisse von Ihnen zu verlangen?

Charlotte. Nun? — Und haben Sie diesem Rechte entsagt? — Wenn das ist, so hab
ich Sie ganz umsonst herbemüht! — das thut
mir leid! — Sie verneigt sich. Im Abgehn. Da
hab' ich Ihnen weiter gar nichts zu sagen!

v. Hellfort *hält sie auf.* Aber gnädiges Fräulein! — In der That — Sie nehmen meine Worte zu genau! —

Charlotte. Nun, da sehen Sie! — Wenn Ihr Männer Euch doch nur nicht mit der Verstellungskunst abgeben wolltet! Ueberlaßt doch das uns Frauenzimmern, denn der Feinste von Euch bleibt doch gegen die mittelmäßigste von uns immer nur ein Pfuscher! Das konnten Sie ja wohl vorhersehn, daß Sie mit Ihrer angenommenen Kälte nicht weit bey mir kommen würden: daß ich Sie durchsehn würde! — Ernsthaft also: Ich bin Ihnen ungetreu geworden. Hellfort —

v. Hellfort. Wie? — Und das sagen Sie mir so geradezu ins Gesicht?

Charlotte. Ja! Warum nicht? Wissen Sie mir meine Offenherzigkeit nicht Dank?

v. Hellfort. Ich solls Ihnen Dank wissen, daß Sie mir mein Unglück ankündigen?

Charlotte. Ihr Unglück? Lassen Sie das nur gut seyn: So arg ist's nicht! — Im Vertraun, ich bin Ihnen schon wieder getreu!

v. Hellfort. Soll ich Ihnen das glauben, Charlotte?

G 4

Charlotte. Den Augenblick geglaubt, oder ich stehe für kein Recitiv!

v. Hellfort küßt ihr die Hand. Wahrhaftig, Sie hätten sich zum Heidenbekehrer geschickt.

Charlotte. Aus diesem Geständnisse sehen Sie wenigstens, daß ich ein aufrichtiges Mädchen bin. Ich hätte ja die Kälte, womit ich Ihnen diese lezten neun oder zehn Tage begegnet bin, auf weibliche Grille, auf Laune, auf Vapeurs und auf tausenderley Dinge schieben können: Aber ich sage die Sache lieber, wie sie ist. — Nun fragt sich's: Wollen Sie mir verzeihen?

v. Hellfort. Ob ich Ihnen verzeihen will? — Fragen Sie doch, ob ich Sie l i e b e n w i l l? — Sie sind ein Engel, Charlotte!

Charlotte. Wenigstens! Das weiß ich lange! Welches Mädchen wär in unsern erleuchteten Zeiten d a s nicht? — Aber wollen Sie denn nicht wenigstens den Namen Ihres Nebenbuhlers wissen?

v. Hellfort. Den Na m e n meines Nebenbuhlers? Den weiß ich besser als Sie!

Charlotte. Wie? Sie wissen ihn? — Und wie sind Sie denn dazu gekommen?

v. Hellfort. Er ist mein bester Freund! —
Ich will Ihnen noch mehr sagen, ich bin in dieser ganzen Geschichte sein Vertrauter gewesen —
doch freylich ohne zu wissen, daß Sie der Gegen-
stand seiner Liebe waren — und er hat mir alles
erzählt, was zwischen ihnen Beiden vorgegangen
ist!

Charlotte. Hat er? — Doch hoffentlich
nichts übertrieben? Denn ein sogar zuverlässiger
Gewährsmann scheint er mir eben nicht zu seyn!

Zweiter Auftritt.

Vorige. Frau von Hahn, kommt eilig aus ihrem
Zimmer. Von Samberg folgt ihr.

Frau v. H. Lassen Sie mich! Ich will nichts
weiter wissen! Schlechterdings nicht!

v. Samberg. Aber gnädige Frau — o
lieber Hellfort, gnädiges Fräulein! Helfen Sie
mir doch bitten!

v. Hellfort. Ach, ich denke, du wirst unsre
Intercession nicht erst nöthig haben!

G 5

v. Samberg. Ja wohl hab ich das! und recht stark nöthig!

Charlotte. Aber gnädige Frau, was hat er Ihnen denn gethan?

Frau v. H. Denken Sie, liebes Mädchen, er will nicht einmal leiden, daß ich in Ohnmacht fallen soll, wenn ich vom Aderlassen reden höre!

Charlotte. Ey, Herr von Samberg, das ist auch für einen Bräutigam gar nicht galant!

Frau v. H. Hm! für einen Bräutigam!

v. Samberg ergreift ihre Hand. Und, bin ich das nicht, Liebe?

Frau v. H. Leider!

v. Samberg. Leider? — Pfuy doch! Ich sage ja nicht Leider!

Frau v. H. Das Einzige fehlte auch noch zu der ganzen Art, wie Sie mich behandeln, dann wär alles complett!

v. Samberg leise zu Heußart. Und v i e l fehlt wahrhaftig nicht! — laut. Sehen Sie, gnädige Frau, kleine Zwiste sind unter Verliebten so etwas seltnes nicht; sie müssen sogar seyn, denn sie unterhalten ungemein: Aber um einer solchen Kleinigkeit willen so ein Lärmen anzufangen —

Frau v. H. Wie? mir ins Gesicht zu sagen, daß ich keine Begriffe hätte!

v. Samberg. Das hab' nicht gesagt! Um Verzeihung. Ich sagte, wenn Sie sich so außerordentlich für dem Aderlassen scheuen — er legt auf das Wort „Aderlaßen" allemal einen starken Accent. so muß es daran liegen, daß Sie von dem Aderlaßen keine richtigen Begriffe haben, denn das Aderlaßen selbst — Aber gnädige Frau, Sie vergessen, daß Sie bey dem Worte Aderlaßen allemal in Ohnmacht fallen müssen! Ich habe es da drey oder viermal hinter einander ausgesprochen, und Sie machen noch keine Anstalt!

Frau v. H. Wahrhaftig, Sie sind ein abscheulicher unerträglicher Mensch!

v. Samberg. Und Sie ein allerliebstes Weibgen!

Dritter Auftritt.

Vorige. Büttler. Arnau und Friedericke.

v. Arnau er spricht sehr langsam, und lächelt zu allem. Ja, es thut mir Leid, liebes Kind, aber du hätteſt es auch nicht thun ſollen! Wer wird ſich denn verlieben, wenn man ſchon verſprochen iſt?

Friedericke. Aber mein Vater, bedenken Sie auch, daß bey dieſem Verſprechen mein Herz nicht zu Rathe gezogen worden iſt?

v. Arnau. Hm, dein Herz iſt ein Aeffchen, und du biſt auch eins!

Friedericke. Wenn Sie ihn ſehen ſollten —

v. Arnau. Ey das glaub' ich, närriſches Ding, daß du dir nichts ſchlechtes ausgeſucht haſt; das glaub' ich! Aber ich denke, ich werde dir auch nichts ſchlechtes ausgeſucht haben! Geſehn hab' ich deinen Bräutigam zwar freylich noch nicht: Aber ſeinen Vater kenn' ich. Das iſt ein ſchöner Mann, und er hat mir geſagt, daß ſein Sohn ſein völliges Ebenbild wär. — Alſo, es hilft nichts, liebes Frizchen! es hilft nichts! Gieb dich nur geduldig drein!

Friedericke. Nimmermehr, mein Vater! nimmermehr!

v. Arnau. Nimmermehr? Und warum denn nimmermehr?

Friedericke. Ich kann nicht!

v. Arnau. Du kannst nicht? — Ach, was man nicht kann, muß man lernen; und du bist noch jung, du kannst noch viel in der Welt lernen!

Friedericke. Kann man wohl den Regungen seines Herzens gebiethen?

v. Arnau. Je nun, versuch es nur, vielleicht geht's!

Friedericke. Mit dem Mann, den Sie für mich gewählt haben, werde ich ganz gewiß unglücklich seyn!

v. Arnau. Ach warum nicht gar! Ich gebe dir funfzigtausend Gulden mit: Und mit funfzigtausend Gulden ist man nicht unglücklich, he he he!

Friedericke. O mein Vater, was ist Vermögen, was sind alle Reichthümer der Welt gegen das Glück, das uns die Liebe giebt!—Nein, ich werde ihn nie lieben können!

v. Arnau. Was du nun da wieder schwazest! Verlange ich denn, daß du ihn lieben sollst. Du sollst ihn ja nur heurathen! Das Uebrige mache du hernach mit ihm aus! Was geht das mich an?

Friederike. Ich bin wohl recht elend! —
Mein Vater! — Liebes Lottchen, gnädige Frau,
Herr Buttler — Helfen Sie mir doch bitten!

Butler. In der That, Herr von Arnau,
Sie scheinen mir ein wenig zu hart zu seyn!
Sie sollten doch wenigstens den jungen Menschen
erst sehen, den sich Ihre Fräulein Tochter ausge-
sucht hat —

Frau v. H. Ja, Herr von Arnau! Bedenken Sie, die Nerven eines Frauenzimmers sind
sensible! Ihre Fräulein Tochter könnte leicht etwas davon tragen, wenn Sie sie zu einer Heu-
rath zwingen, die ihr so zuwider zu seyn scheint.

v. Arnau. Lieben Kinder, ich glaub's, daß
Ihr's alle recht von Herzen gut meynt. Aber
seht Ihrs, es hilft doch nichts! Ich habe einmal
mein Wort gegeben, und das halt' ich!

Friederike. Aber mein Vater, ihn nur wenigstens sehn! Nur sehn!

v. Arnau. Ey wenns weiter nichts ist! Ich
will ihn wohl zehn Jahre lang ansehn! Aber es
hilft doch nichts!

Friederike. Soll ich ihn holen mein Vater?
Soll ich?

v. Arnau. Meinetwegen! Wenn ich dir damit einen Gefallen thue, — ja ja; sehen will ich ihn wohl! *Friederike springt fort, und kommt sogleich mit dem jungen Frankstein zurück.* Aber das sag' ich dir vorher, es hilft alles nichts!

Vierter Auftritt.

Vorige und Karl von Frankstein in Civilkleidung.

Frau v. H. *vor sich* Hm! Ist's der? — Hätt' ich das gewußt! — *Sie spricht heimlich mit Samberg, sieht sich dabey aber immer nach dem jungen Frankstein um, welcher gar nicht thut, als würd' er sie gewahr.*

Friederike. Hier, mein Vater!

v. Arnau. Hm! — Ja! — Es ist mir lieb Sie kennen zu lernen! — Ein hübscher Junge, ich muß sagen!

Friederike. Ich sagte es Ihnen wohl mein Vater, daß Sie ihn nach Ihrem Geschmack finden würden!

v. Arnau. Und ich sagte dir's wohl, meine Tochter, daß dir das nichts helfen würde! —

Denn siehst du, es wird doch nicht anders! —
Du mußt doch deinen Bräutigam heurathen!

Karl v. Fr. Ich freue mich außerordentlich,
daß ich das Glück habe, Ihnen als den Vater eines so reizenden Frauenzimmers, das ich so über
alles schäze —

v. Arnau. Sehr viel Ehre für meine Tochter, mein Herr, daß Sie sie so sehr nach Ihrem
Geschmack finden!

Karl v. Fr. Sie sind zu gütig! — Ich habe allerdings sehr um Verzeihung zu bitten, daß
ich die Unverschämtheit habe, mich einer Familie
aufdringen zu wollen —

v. Arnau. Gar nicht Ursache! Man kann
ja in der Welt alles versuchen! Freylich gelingen
nicht alle Versuche! — der Ihrige zum Exempel —

Karl v. Fr. Ich würde untröstlich seyn,
wenn ich ihn unter die mißlungenen zählen
müßte.

v. Arnau. Und doch ist das sehr möglich!

Charlotte zu Karl von Frankstein. Ich bedaure
Sie! Aber es geht oft in der Welt so! Es ist
recht, als ob sich das Glück gegen manchen

Menschen verschworen hätte! Sie zum Exempel, haben es, um recht sicher zu gehn, auf doppelte Art versucht, und beide Versuche schlagen fehl!

Karl v. Fr. Beide? Ich verstehe Sie nicht, gnädiges Fräulein!

v. Arnau. So? Hat der junge Herr noch einen Versuch gemacht?

Charlotte. O ja! Was dergleichen Dinge betrift, ist er ein Virtuos. Ich kenne ein Frauenzimmer, die bey Einem Haar leichtgläubig genug gewesen wär —

Frau v. H. steht schnell auf. O nein! Sie irren sich Charlotte! So leichtgläubig war sie nicht.

v. Samberg. So? Klingt's doch beynahe, als ob Sie dieses leichtgläubige Frauenzimmer etwas genauer anging! — Ey ey! wenn ich eifersüchtig wär!

Butler. Ha ha ha! — Soll ich nach Ihrem Hirschhorn schicken, Frau Schwester?

Frau v. H. setzt sich wieder betroffen nieder. O, die fatale Migräne! Sie stützt sich den Kopf.

v. Samberg. Eigentlich sollt' ich Kopfweh bekommen! — Aber ich will's gut seyn lassen!

H

Charlotte. Nun mein moderner Herr Proteus? Sie stehn ja da, wie vor den Kopf geschlagen? Wissen Sie denn gar nichts mehr aus der Rolle des Major Lohwerth auswendig? Berantworten Sie sich doch!

Karl v. Fr. In der That mein Fräulein, Sie treiben die Rache ein wenig zu weit!

v. Arnau. Aber lieben Leutchen, sprecht doch deutsch, daß man auch mit sprechen kann! — Ich verstehe kein Wort von allen dem!

Karl v. Fr. Wenn Sie mich verstehn wollten —

v. Arnau. Recht gern woll ich das! Aber sehen Sie, wenn Sie das alte Lied von meiner Tochter wieder anfangen, da kann ich nicht dienen! Das hilft alles nichts!

Karl v. Fr. Wenn ich Ihnen meine Familie und meinen Namen nennen werde —

Charlotte. Und welchen werden Sie denn da nennen, wenn ich fragen darf?

Buttler. Hat der Herr mehr als Einen?

Charlotte. O ja! Unter Zweyen hab ich die Ehre ihn zu kennen, und der Himmel weiß, wie viel er ihrer noch hat!

Karl v. Fr. Sie gehn grausam mit mir um, Fräulein!

Friederike. Lottchen, liebes Lottchen, du wirst alles verderben!

Charlotte. Ey freylich mußt du auch noch vorbitten! Ueber die mitleidigen Herzen!

Lezter Auftritt.

Vorige. Der alte Frankstein.

v. Frankstein. So, junger Herr? Hat man endlich das Glück Ihn zu treffen? — Wahrhaftig, eine allerliebste Aufführung! Zehn Tage in der Stadt zu seyn, und sich nicht einmal bey seinem Vater zu melden!

Karl v. Fr. Verzeihen Sie, liebster Vater! —

v. Frankstein. Ey verzeihen hin, verzeihen her! Verzeih du dir's selbst, wenn du kannst! — Guten Tag Freund Buttler! — Je, sieh da, Arnau! *Er umarmt ihn.* Herzlich willkommen alter Knabe! Wie geht's? Das Leben noch frisch? Wußt' ich doch kein Sterbens-

H 2

wörtchen davon, daß du da wärst! — Aber laß
mich nur da dem jungen Herrn erst den Kopf noch
ein wenig waschen; hernach bin ich mit Leib und
Seele zu Diensten! — Siehst du Karl, du hast
einen guten Vater, aber wenn er anfängt, so ist
er verdammt hitzig vor der Stirne! Dasmal hast
du es zu toll gemacht!

Karl v. Fr. Noch einmal um Verzeihung,
mein Vater; aber wenn Sie meine Gründe hören —

v. Frankstein. Deine Gründe? Und was
kannst du für Gründe haben, deinen Vater so
unverantwortlich zu beleidigen? Zehn Tage in der
Stadt, und kommst mit keinem Fuße zu mir!
Und wußtest doch, daß ich so eine wichtige Angelegenheit mit dir vorhabe!

Karl v. Fr. Eben diese Angelegenheit war's,
die mich abhielt zu Ihnen zu kommen! Sie wollten mich verheurathen; an ein Frauenzimmer verheurathen, die ich nicht kenne, nie gesehn habe,
deren Namen Sie mir nicht einmal meldeten:
Und das gerade zu einer Zeit, wo ein andres
Frauenzimmer mein Herz auf ewig gefesselt
hatte!

v. Frankstein. Man hör Einer das Zeug an!
— Wer hieß dir denn, dich ohne Erlaubniß deines Vaters verlieben? — Aber ich will dich lehren widerspenstig seyn! Ich will dich gehorchen
lehren!

Karl v. Fr. In allen andern Stücken sollen
Sie an mir den gehorsamsten Sohn finden, mein
Vater, nur in diesem einzigen Punkte zwingen
Sie mich nicht. Mein Blut, mein Leben steht
zu Ihrem Dienste, aber mein Herz ist nicht mehr
in meiner Gewalt!

v. Frankstein. Höre Starrkopf! Bringe
mich nicht auf! Ich rathe dir gutes!

v. Arnau. Sag mir einmal, ist das wirklich
dein Sohn?

v. Frankstein. Wenn mich seine Mutter
nicht belogen hat, ja! Mein leiblicher Sohn,
Karl Ferdinand von Frankstein!

Charlotte zu Friedericken. Nun Couslinchen?
Sagt' ichs nicht, daß noch ein dritter Name zum
Vorschein kommen würde?

v. Frankstein. Nun sag du mir auch — eine
Höflichkeit ist der andern werth! — Ist das deine
Tochter? Auf Charlotten zeigend.

H 3

v. Arnau. Nein, die da ist's. Er tritt vor sich.

v. Frankstein. Ah, ein artiges Frauenzimmer! Es freut mich Sie kennen zu lernen! Wir werden schon näher mit einander bekannt werden! — Und Er, mein gehorsamer Herr Sohn, sag' Er mir doch, wer ist denn nun das Meerwunder von Schönheit, die sein Herz gefesselt hat, wie Er da vorhin sagte? Kenn' ich sie etwa? Ist sie in der Stadt?

Karl v. Fr. Ja mein Vater! Sie steht da vor Ihnen!

v. Frankstein. Die da hier? Auf Friederiken zeigend.

Karl v. Fr. Ja!

v. Frankstein. Nun sag mir in aller Welt — ich glaube wahrhaftig, mit dir rappelt's! Das ist ja eben — Kinder helft mir ihn doch auslachen! — Was zu toll ist, ist zu toll! — Alle lachen, außer Karl von Frankstein und Friederike.

Karl v. Fr. Sollte es möglich seyn, was ich ahnde?

v. Frankstein. Freylich du Pinsel! Er geht ihn auf Friederiken zu.

v. Arnau. Trallallterallta! — Nun Fritz

chen? — Er spottet ihr nach. Mit dem Manne, den Sie für mich gewählt haben, werde ich ganz gewiß unglücklich seyn! Ha ha ha!

Friederike küßt ihm die Hand. Mein Vater!

v. Arnau. Aber mein künftiger Herr Schwiegersohn, die bewußten Versuche, deren vorhin erwähnt wurde, wollte ich mir doch wohl verbitten!

v. Frankstein Was für Versuche? Junge hast du dumme Streiche gemacht?

Karl v. Fr. Nur ein kleiner Scherz! —

Charlotte. Aus dem aber vielleicht hätte Ernst werden können, wenn gewisse Leute nicht noch bey guter Zeit Unrath gemerkt hätten! — Ie nun, über die Untreue des Herrn Major Loßwerth muß ich mich schon zu trösten suchen: Und wenn mein Herr Vormund nichts dawider hätte — Sie ergreift Hellforts Hand.

Buttler. Nicht das Geringste! Gerade das Gegentheil! Der Himmel segne Euch, meine Kinder. — Nun und Sie Frau Schwester?

Frau v. H. Ach, ich fange an zu glauben,

H 4

daß die Gesundheit ein sehr schäzbares Gut ist! *Sie sieht Sambergen an.*

v. Samberg. Nicht wahr? *Er ergreift ihre Hand.* Nehmen Sie mich zu Ihrem Hausmedicus an, und ich stehe Ihnen für Ihre völlige Genesung: Aber genaue Diät, Weibchen, und meinen Verordnungen hübsch gefolgt, sonst steh' ich für nichts!

Der Vorhang fällt.

Ende.